左岸右岸

故事法国文学

杜青钢　程静　著

海天出版社
HAITIAN PUBLISHING HOUSE
·深圳·

图书在版编目（CIP）数据

左岸右岸：故事法国文学 / 杜青钢，程静著. --
深圳：海天出版社，2023.1
ISBN 978-7-5507-3653-5

Ⅰ.①左… Ⅱ.①杜… ②程… Ⅲ.①文学—作品综
合集—法国—现代 Ⅳ.①I565.15

中国版本图书馆CIP数据核字(2022)第188968号

左岸右岸：故事法国文学
ZUOAN YOUAN：GUSHI FAGUO WENXUE

出 品 人　聂雄前
责任编辑　邱秋卡
责任校对　万妮霞
责任技编　梁立新
封面设计　阿　海

出版发行　海天出版社
地　　址　深圳市彩田南路海天综合大厦（518033）
网　　址　www.htph.com.cn
订购电话　0755-83460239（邮购、团购）
设计制作　深圳市龙瀚文化传播有限公司 0755-33133493
印　　刷　深圳市希望印务有限公司
开　　本　787mm×1092mm　1/16
印　　张　17.75
字　　数　197千字
版　　次　2023年1月第1版
印　　次　2023年1月第1次
定　　价　45.00元

目　录

语言先行，那棵椰子树最迷人

文学的定义五花八门，我最欣赏的，只有一句话：文学是语言的艺术。这定义最切法国文学，因为法语中的roman既表小说，又指罗曼语，那是法语的胚胎。在故事法国文学之前，我们分五个阶段，讲一讲法语的变迁。

第一阶段是形成期，始于公元前100年，止在十世纪。法国的祖先为高卢人，是凯尔特人的一个分支，讲高卢语，没遗文学作品，只留下五十来个单词，最常见的是mouton（绵羊），bouc（公山羊），valet（用人），bruyère（欧石楠），ruche（蜂箱）。五词若五音，携基因，朗朗说：高卢属于游牧族，以养羊为主，擅长制蜜，那是法国甜点的根。为纪念亡女，雨果曾写道：白昼如夜，在你的坟头，我将放一束欧石楠。诗中含藏一个慰点：这植物源远流长，厚民族力道，具有宽心的文化功能。公元前52年，恺撒彻底征服高卢，法国人夹高卢话说通俗拉丁语，过了四百多年的安稳生活，形成高卢-罗曼语，罗曼语来自罗马。481年建立墨洛温王朝，杂合百余日耳曼词渡向独体罗曼语。750年换成加洛林王朝，查理曼统一大半个西欧。842年出现第一个罗曼语文本——《斯特拉斯堡誓言》，这是三孙儿瓜分查理曼帝国时立誓相互支持的盟约。罗曼语版《圣女厄拉莉赞》作于881年，被称为"法国文学的第一声"。

语言承载文化，立于起点，我们倚重文学，说几句国态民情。法兰西文化主要构自四大块，其一罗马文化，含古希腊文化；其二基督教；土生土长的有两块：高卢精神（esprit gaulois）和绅士精神（esprit courtois）。高卢精神定义如下：现实，乐观，幽默，进取，享乐，玩笑中常常带点"黄"。这一脉凸显于喜剧，以莫里哀为代表，也飘动在遍布巴黎的露天咖啡馆和餐馆里。绅士精神讲文化修养，尊女性，精雕细琢，彬彬有礼。为了心仪的夫人，骑士毅然上战场，奋勇杀敌，得胜后衣冠楚楚，优雅送上一枝玫瑰，夫人接过莞尔一笑，骑士心满意足。此乃法国骑士文学的基本模式，后来也有终成眷属的。体现于近代小说，则以福楼拜为代表，写四页放五天改六稿。一个萝卜一个坑，再论暗喻和象征，同一词力争不在同一页出现两次。一章完稿，还要站在空房里朗读三遍。

莫泊桑和大仲马之后，精彩故事不再是法国作家的特长。马克·李维、阿梅丽·诺冬等走红的通俗文学作家，销书动辄上百万册，其技法主要学自美英，法国教授们大多嗤之以鼻。落到电影里，数量居多的绅士派导演常常前穿后梭，左蹦右跳，一现三隐，惟细惟妙，观众久久看不懂，刚一懂，影片结束了。学了好莱坞才产出几部好看的片子，如《天使爱美丽》《不可触碰》。高卢与绅士联袂，演绎出名扬天下的服装、香水和美食。还有一个人，影响极大，以一本《方法论》奠定了法兰西的理性精神，此人叫笛卡儿（René Descartes），尔后跟来伏尔泰。上述的四大板块还围造出法国不同时代的标杆人物。中世纪敬骑士。十六世纪崇人文学者。十七世纪举礼士（honnête homme），那是绅士的变体。十八世纪厚待哲学家。

十九世纪看重诗人。二十世纪走向多元化，各自占山为王，却凸显一大共识：众多学科以现代语言学为根基，语言凸显了地球的经纬。用齐奥朗的话说：我们的住所不在某一国，而在一种语言之中。

　　第二阶段从九世纪延至十四世纪。几经搅和，罗曼语分成众多方言，以中央山脉为界，形成两大体系。北方叫奥依语（oïl），南方叫奥克语（oc）。oïl与oc同义异音，是现代法语的oui（是，对）。因卡佩王朝立都北部巴黎，当地的francien成为官方语言，也叫古法语。

　　第三阶段从十四世纪沿至十六世纪，称中法语。至此词格锐减，语法从简，语序更明朗。经过艰苦努力，法语在科学、教育、哲学三领域取代拉丁文，又辖行政和法律，号称国语，也叫国王语，由此写出首部语法书，出版法译《圣经》。杜贝莱发表《捍卫与发扬法兰西语言》，龙沙领头的七星诗社以诗加以丰富。在拉伯雷的《巨人传》中，法语婀娜出令人叹为观止的塑造力，拉开了法国现代小说的序幕。胖大官儿一声吼，我要吃我要喝，呼出了法国文学的烹调味，那是中法文学独有的交合点。

　　第四阶段称为古典法语，贯穿十七、十八两个世纪。开门第一枪，攻克了拉丁语占据的最后两个堡垒：神论与大学。从1636年起，可用法语答辩论文。笛卡儿出版《方法论》，名句"我思故我在"由法语译成拉丁文Cogito ergo sum。为了规范语言，首相黎塞留创立法兰西学术院，每届40席位从未增减，如今共有765位院士，也叫不朽者，荣誉至高。马雷伯（Malherbe）主张纯洁言语，沃日拉[①]（Vaugelas）倡导"良正运用"（bon usage），宫

[①] 沃日拉（1585—1650），法国语法学家，1647年发表的《法语刍议》是17世纪现代法语定型时期的里程碑式著作。

廷高雅法语由此酿出，也活跃在贵妇举办的沙龙，构成法国古典主义文学的根基。极端者走向矫揉造作，被莫里哀猛敲了几大棒。随后二十年，三部权威词典出版。到十八世纪，法语成为欧洲外交语言，俄国、普鲁士、奥地利、瑞典等国的宫廷都会讲法语。在法国境内，还活跃着众多方言，1789年法国大革命和拿破仑的中央集权切实统一了语言，报纸立了汗马大功。

第五阶段为现代法语，从十九世纪延续至今日。头一百年，标出三个重要日期：1851年，基佐教育法（Lois de Guizot）普及小学教育；1881年，费里法案（Lois de Ferry）实行义务教育；1883年创立法语联盟，向全世界推广法语，如今有832个点。浪漫主义铲平雅俗之分，激活普通词句，诗歌以暗喻丰富日常表达。现实主义又迈进一步，将口语俚语系统携入文学的高堂。超现实主义深入下意识，开发意象和词句巧合的巨大潜力。面对英语的蜂拥入侵，二十世纪又兴纯语运动，却难以深入，因为百分之六十的英语词都来自法语。电视出现后，广告简化了语言，短句大显神威。以往的文学作品常用qui、que、où、dont等连词，句式七长三短。到二十世纪中后期，这个比例颠倒过来，连词锐减，省略和名词句大增。简短也是文化的大趋势。建筑不再雕花饰佩，服装少了勾勾挂挂，牛仔混合阴阳，均码风靡全球。

与某种暗流应和，三十年前，巴黎兴起音节颠倒隐语，femme（女人）变成meuf, laisse tomber（不管它）说成laisse béton, féca来自café（咖啡）。此说源于监狱，勾连颠覆，暗藏杀机，与同期的都市大涂鸦沆瀣一气。那时我在巴黎读书，落居卡门公寓，同楼住小头和友林两好友。晚上下地铁，我们经常看见某个阿黑在橱窗上乱涂一通，随后逃之夭夭。仅半年，整个巴黎花里胡哨，地铁车厢个个像鬼脸。小头感觉灵敏，反复说，我闻到一股火药味。他闻准了。不久后，那股怒气变为巴黎北郊的暴乱，《查理周刊》编辑遭枪袭，最后酿成枪杀一百多无辜观众的惊世惨案。进入第五共和国，教育、移民、税收成为法国社会的三大症结，变化只在顺序，如今移民问题排第一。光辉了三十年（Les Trente Glorieuses，1945—1975），法国经济开始衰落，文化弱影响，民众堕入漫长的恐惧期。这也是都市涂鸦与言词颠倒的大背景。

　　网络出现后，法语以实用为轴，继续简化，比如，以bp代替beaucoup（多），用Jtm表示Je t'aime（我爱你）。宠爱表情包，一图顶数语。我个人认为，从千禧年起，应该划出第六阶段，即网络法语。或喜或忧，交错的线将给生活带来莫测的变化。向阳而言，网络是人类建造的又一座巴别塔。近十几年，文字简化呼声高飘，重点提议如下：ph统一为f；双辅音单干（Salle=Sale）；取消多余的元音标符。又兴阴性化运动，且立竿见影，一年不到，许多只有阳性的名词呈出阴柔脸，比如：avocate（女律师），auteure（女作者），professeure（女教师）。此乃绅士精神的凯旋，也引出某些困惑：我班上有二十个学生，男生仅一个，我该如何称呼？继续用ils（他们），还是说elles（y compris un garçon）——她们（包括一男生）？

　　文字简化却遭到重重狙击，作家逆意最盛。诗人甲说：去掉à（向）上一小撇，我不知往哪儿走。小说家乙道：我压根迈不动脚。2019年9月6日，我与皮沃在卡门附近喝咖啡，传记大师阿苏里也来了。皮沃写出ile（岛屿，正体为île），戚戚对我说："你看，这光秃秃的，还是岛吗？"我端详许久，补充一句："一棵椰子树都没有，哪能叫岛。"皮沃兴兴嚷："说得好，说得好。"随手写出原词île，继续兴奋："你很象形，有眼力，明天我去上报给文改部，说这个île有东方玄观，天雨粟，鬼夜哭，那个小帽子，我们丢不得。"皮沃学贯中西，熟识中华典故，曾以读书节目艳惊世界，又任龚古尔奖评委会主席，威信比总统还高。阿苏里欣曰："您老发了话，其他都改了，这座île不会变，那棵椰子树（î）最迷人。"

academiegoncourt · S'abonner
Paris, France

academiegoncourt Bernard Pivot et Pierre Assouline, ce soir dans un bistro parisien, en compagnie de DU Qinggang, professeur de littérature française à l'Université de Wuha, spécialiste d'Henri Michaux et Président du Jury du Choix Goncourt de la Chine, préparant la première édition de la récompense qui sera bientôt remise à Pékin, sous l'égide de l'#Institutfrançais !

academiegoncourt #books #book #read #reading #reader #page #pages #paper #instagood #kindle

19 J'aime

IL Y A 1 JOUR

Ajouter un commentaire...

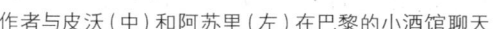

作者与皮沃（中）和阿苏里（左）在巴黎的小酒馆聊天

神秘剧

在雄伟的大教堂内，主教转了三圈，又去门前广场巡了一周，高兴道："很好，很好，准备很充分。"领衔神甫度入细节："《耶稣受难》一剧，我们排了三个月，本堂的人员全参加，还从邻城请来三位高手，他们唱功好，演技一流。演员共有九十三个，每人要串一两个角色。总共演四天，三万多句诗，都背熟了。"主教环顾四野，柔声问："去年来了多少观众？"神甫答："本城居民二万五，来了一万八，外地来了五千多。这是本城的头等大事，一半的民居都成了旅社。今年观众会更多，我们用了格雷班（Arnoul Gréban）的剧本。"主教拍拍神甫的肩，欣然道："好样的，复活节到，就看你们的了。"

这里说的是盛行于十五世纪的法国神秘剧（mystère），时点在1455年春，位于北部的阿布维尔城。一如西方诸国，法兰西的戏剧起源于宗教仪式，用的是拉丁语，取材于《圣经》，由教士们表演，从十世纪演到十二世纪。接下来是miracle，通称圣迹剧或奇迹剧，相当于我们的菩萨显灵。剧情告诉人们，只要虔诚信上帝，关键时刻，圣母玛利亚会来帮助我们。第三阶段即上文说的神秘剧，表现耶稣受难，常常始于原罪，重点演绎耶稣生平，顺带歌颂团结忠诚等人间美德。此类剧宏伟磅磌，少则演三天，最长半个月。正剧之间，插一些滑稽片段。通常是，小鬼蹦一蹦，小丑跳两跳，说几句俏皮话，扮个鬼脸。从中却诞生了法国的喜剧，最初的名字叫farce。

五六百年间，法国出了两位重要的剧作家。第一位是吕特伯夫（Ruteb œuf），意译为"粗牛"，大约生于1245年，死于1285年。职业是游吟诗人，按订单写作，以卖文为生。戏剧代表作是《圣泰奥菲勒奇迹剧》，剧情如下：为了发财，泰奥菲勒把灵魂卖给撒旦，而后懊悔，陷于痛苦，圣母玛利亚显灵拯救了他。这是中世纪流行的故事，滋养了歌德的《浮士德》。从后往前看，吕特伯夫更是一位抒情诗人，他的哀歌在二十世纪被谱成曲，广为流传，相当于我们的《离骚》，只是更具个性。且听他唱几句："风太大，路太远，我像枯叶，一会儿飘东，一会儿坠西，落到泥里悄无声息。"魏尔伦的《秋歌》明显从这里吸取了灵感，借去主体意象。

另一位大作家是上文提到的格雷班，生于1420年，卒于1471年。他是巴黎圣母院的管风琴演奏师，唱诗班主领，索邦大学的神学教授。代表作为《耶稣受难神秘剧》，由约三万五千句诗构成，开场后能演四天，一共写了四百个人物。除了原罪和耶稣生平，还再现了众多寓意人物，阐明为人原则，传扬高尚道德，努力驱赶人们心中对世界末日的恐惧，那是中世纪最大的困扰。

再往上寻，但见《圣人录》，法国最早的文学形态，相当于我们的《诗经》，第一篇作品叫《圣女厄拉莉赞》，节译如下：

善良少女厄拉莉
身体美，心灵更美。

上帝的敌人想征服她，
让她为魔鬼服务。
少女不搭理：
"让她否定高高在上的主吧！"
无论使金、用银，还是赏首饰，
无论高调威胁还是低声恳求，
都不能使她屈服。
…………

因不折腰，厄拉莉失去贞洁，
被投入大火，砍去了头颅。
她死后，鸽子飞向天空，
人群真诚祈祷，齐声赞美伟大圣女。

圣女厄拉莉像

　　全诗总共29句，凡58行，用罗曼语写成。1837年由霍夫曼在教堂储藏室的一堆文献里发现，作于881年前后。虽为法国文学的开山之作，却谈不上新颖，它来自罗马诗人普鲁登修斯（Prudentius）。在这之前，高卢人也写了不少东西，全被拉丁语湮没了。由此可见，罗曼语是法语的标志性起点。

很难找出一个光鲜的

　　他已被判绞刑，十天后送命。狱长颇人道，加送一杯红酒。死囚喝了，要来纸墨，写下《绞刑犯之歌》，类同遗书。节译如下：

> 后世的人类兄弟，
> 请不要冷眼旁观。
> 若对我们施以怜悯，
> 上帝将有所庇佑。
> 你们看，我们五六个齐绑缚：
> 皮肉曾精心保养，
> 现已腐烂，相继剥落，
> 只剩几具白骨，与泥土相伴。
> 请不要嘲笑我们所犯之罪，
> 愿上帝宽恕我们！

　　遗诗写完，死囚沉寂片刻，又愤愤嘀咕：一归一，二是二，我的罪过在前端，最后一场架，我没参加，对面酒馆的人可以做证，临终时刻，我要蹦一蹦。于是使出周身才华，又写一封上诉信。狱长拍拍他的肩，和蔼说：别担心，我会立马上传。头一天，死囚的养父专程拜访了狱长。这死囚便是法国中世纪最杰出的诗人，名叫弗朗索瓦·维庸（François Villon）。他的一生波澜起伏，几度柳暗花明，却都从一个困境走入另一个死胡同。

1431年，维庸生于巴黎，早年丧父，被一教士收养，生活优渥，又受高等教育，获艺术学士，得教士头衔，成为社会英才。却逢英法百年大战，生活多为艰辛。当时的教士头衔分两

维庸

类：有实职的锦衣玉食，高高在上；没实职的四处流浪，形同乞丐。维庸有名无实，又遭一场大劫。二十四岁那年，他在街头闲坐，与一个教士发生争执，那教士气盛，拔出短剑劈开他的唇，尔后一路追打。危急关头，维庸夺过剑，刺入教士腹中，又搬一块石头砸其头部。第二天，教士身亡。维庸去理发店包了伤口，连夜逃离。养父四处活动，为他搞到一份赦书，理由有二：维庸平时遵纪守法，行为端正，常有义举，受到邻里一致好评；被刺的教士临终前，原谅了他。

半年后，维庸回到巴黎，已风平浪静，本可正常生活，再建功立业。不承想，外逃期间，这小子结交一帮歹徒，为了生存染上恶习。安身仅俩月，又伙同仁小偷，潜入纳瓦尔学社，从保险柜里偷了500金埃居①。那是一笔巨款。此案三个

① 金埃居，法国的一种古货币。1266年，路易九世下令开始铸造金埃居。

月后才败露，官府调查无果，不了了之。却有同伙多嘴多舌，一拷打，全盘供出。另外两个上了绞刑架。维庸更机警，早早逃走，这一去，风餐露宿，穷困潦倒，耗去了七年。也有短暂的一霎，以诗为媒，他被奥尔良公爵相中，在城堡里待了两个月，衣食无忧，地位高抬。时间一长，诗人又觉不自在。估计品行也成问题，公爵和几位贵族都说他投机取巧，谎话连篇。维庸只得离去，继续流浪。

1461年夏，在卢瓦尔河畔默恩，诗人下了大狱，犯的什么案，不详。有一点可以确定，他的教士头衔被收回。路易十一登基，他欣喜获赦，回到巴黎却要躲藏，因为法院还记着那500金埃居。才过两个月，又因盗窃被抓。养父再奔走，把他捞出，厄运接踵再来。那日黄昏，维庸与几个伙伴在街上闲逛，一间书房亮着灯，伙伴乙溜去看了一眼，竟是著名公证人菲尔布克，他办过他们的案。伙伴高声挖苦，朝屋内吐了一口痰。公证人随几位教士赶出论理，发生争斗，菲尔布克受了轻微剑伤。这一次，维庸觉得同伴过分，溜入酒吧，没有参与殴斗，第二天却被逮捕。他前科太多，同伴供出他，黄泥巴落入裤裆——不是屎也是屎（死）。数罪并罚，判了他绞刑。维庸奋力上诉，养父使力，法院复审，撤销极刑，改判十年流放。出来第三天，被赶出巴黎，如同送瘟神。这一

维庸《大遗言集》插图

天是1463年1月28日，诗人三十三岁，从此销声匿迹。

地球公转二十五圈，维庸若在，仅五十八岁，由养父张罗，他的《小遗言集》和《大遗言集》双双付印。五十年间，再版了三十六次，维庸名声大噪。他的诗妙合现实与想象，刚柔并济，绚丽多彩，奠定了法国抒情诗的基调，对后来的雨果、兰波、波德莱尔等大家产生重大影响。名声却越来越坏，每每提起他，公众首先想到的是杀人，尔后是行窃、欺骗。在《巨人传》里，拉伯雷多次蔑写这人渣，虚构了一段他消失后的悲惨生活，对他最高的评价是：疯子说了几句闪光的话。从维庸的名字Villon中，还派生出一个动词villonner，词义是"欺骗，说谎，作恶多端"。日本拍了一部电影，叫《维庸之妻》①，讲某恶徒老婆的故事。由此可见，维庸的恶名已传到遥远的东方。

至象征主义，人们给波德莱尔、兰波、魏尔伦等"有毛病"的作家取了个外号，叫"被诅咒的诗人"（les poètes maudits）。往上一找，发现还有更坏的，那就是维庸。于是众口一词，将他推为"被诅咒的诗人"的鼻祖。到十九世纪末，学者龙尼翁从档案中找到几份重要资料，其中便有教士被杀的调查报告、纳瓦尔学社失盗案的审问记录，还有两份赦书副本。这才对维庸有了比较切实的描述，部分更正了对他的误解。最起码，最关键的那件凶杀案主责不在维庸，他只是防卫过当，不过后来学坏却是事实。总而言之，这小子既是天才，也是歹徒。最后说句大实话：纵观全世界，顶尖诗人里很难找出几个光鲜的。

---

① 《维庸之妻》原是日本作家太宰治于1947年发表的短篇小说，2009年被改编成电影。

龙沙说，快快摘玫瑰

十六世纪成就最高的法国诗人，当数皮埃尔·德·龙沙（Pierre de Ronsard）。他生于1524年，卒于1585年。十一岁入宫陪太子，仕途光明。却因病听觉失灵，转向神职，奋力写诗。四十多年里创作情歌三百多首。同时，又尽心尽力歌功颂德。第二部颂歌集题为《法兰西亚德》，仿荷马和维吉尔，高歌法国历代君王。该集萌芽于1560年，亨利二世大力支持，查理九世鼎力相助，还提出两项具体要求：使用十音节诗，重点放在当下，类同我们的"数风流人物还看今朝"。计划写二十四卷，龙沙绞尽脑汁，只完成了头四卷。发表后，冷火熏烟。明朗说，这是一个败笔。败在三点：第一，十音节诗有点飘，不适合宏观叙事，应该用亚历山大体（也称十二音节诗），此体庄严稳健，气势磅礴，变一变分节，又可小桥流水；第二，过度偏向神话，读者却渴望了解史实；第三，牵涉十几个国王，题目太大，越写越浮。

发表时机也不对，1572年正逢法国宗教战争的炙热期。8月23日夜至次日凌晨，吉斯派杀了三千多新教徒，血染塞纳河，史称圣巴托洛缪大屠杀。新教徒奋起反抗，战火纷飞，尸横遍野。民众期盼早日安稳，哪有心思看国王的丰功伟绩。但是，龙沙又必须当御用诗人，这是他的饭碗。他父亲是国王的总管。认

龙沙肖像

真做，自然有厚报。1565年，查理九世任命龙沙为修道院院长，给了两块地，年奉多一倍。诗人已厌倦宫廷，索性躲进圣地写自己想写的诗。但始终不能完全出世，他还是国王的神甫。

塞纳河西流，小浪也淘沙。近五百年过去，龙沙的两册御用诗全军覆没，实打实地无人问津。传下来脍炙人口的，都是情诗，有十几首，最出名的当推《献给卡桑德尔》和《当你衰老时》。龙沙的情诗大部分写于1556年之前，出了三本集子：《龙沙情歌》《情歌续集》《情歌再续》，1578年增加《给埃莱娜的十四行诗》，分别献给三位女士：卡桑德尔、玛丽、埃莱娜。既有真人，也有象征。背后隐伏作者所爱所历的众多美女，如让娜、罗丝、茜罗珀、热奈芙儿。卡桑德尔来自意大利，其父是法国国王倚重的银行家。两人在宫廷舞会上认识，美女年方十五，及笄年华。龙沙二十一岁，风华正茂。少女慕其诗才，诗人倾其美貌，频频勾引，却不能娶她，因为他已领神职。第二年，美女嫁给一个富实的领主。龙沙便在文字中兴风作浪，借机宣扬他的哲学观——及时行乐。请看钱春绮译的《献给卡桑德尔》：

爱人，我们去看看玫瑰，
今晨，映着太阳的光辉，
她解开了红色的衣衫，
看看她在这黄昏时分，
可曾丧失红衫的褶纹
以及像你一样的红颜。

> 爱人，你看看，曾几何时，
> 唉！她已经是落英委地，
> 唉，唉，她的花瓣已飘零！
> 大自然像一位后娘，
> 这样的花也活不久长，
> 从早晨维持不到黄昏！
>
> 因此，请相信我的话，
> 爱人，趁你大好年华
> 正在青春烂漫时光，
> 采下、采下你青春之花；
> 别让老年，像这玫瑰，
> 使你的玉容黯淡无光。

这也是法兰西诗歌的五绝品之一。

玛丽是真名，有两人，其一是杜班·玛丽，龙沙于1555年认识的一个农家美女，两人交往已至肉体。后来村姑另有所爱，诗人瞧见，愤愤把她打入记忆的冷宫，再也不提他常说的"忠贞"二字。另一玛丽是国王的爱妃，闭月羞花，红颜薄命，二十一岁赴了黄泉。至于她，诗人重点写生死，反复劝读者，一切都会消亡，请牢牢抓住当下。埃莱娜乃王后的侍女，未婚夫才死，王后便鼓励龙沙写诗勾一勾她，分分心。这组诗主要营造精神之恋，一头热，一头冷，却温差出许多传世佳品。

一遍又一遍，龙沙高歌及时行乐，不这般又会怎样，他写了一首诗：

　　当你衰老之时，伴着摇曳的灯
晚上纺纱，坐在炉边摇着纺车，
唱着、赞叹着我的诗歌，你会说：
"龙萨赞美过我，当我美貌年轻。"

　　女仆们已因劳累而睡意蒙眬，
但一听到这件新闻，没有一个
不被我的名字惊醒，精神振作，
祝福你受过不朽赞扬的美名。

　　那时，我将是一个幽灵，在地底，
在爱神木的树荫下得到安息；
而你呢，一个蹲在火边的婆婆，

　　后悔曾高傲地蔑视了我的爱。——
听信我：生活吧，别把明天等待，
今天你就该采摘生活的花朵。

　　（飞白译）

　　受其启发，美国诗人叶芝也写了一首同名诗，传扬更广。

　　前后两首诗，都在采花，都有玫瑰，那是诗人最钟情的意象。龙沙一生中到底采了多少花，目前尚无定论，估计有十来朵。还有连环影响，1985年，法国园艺大师梅杨培育出一款玫瑰新品，取名"龙沙"。花瓣呈粉白二色，一枝开两朵，深得民众喜爱，2006年获世界玫瑰协会的金奖。

出世还是入世

生于1533年的蒙田（Montaigne）只活了五十九岁，最绚丽的时光闪于后二十二年。先前他在波尔多议会当参议，负责法律事务，相当于法官。1568年，父亲病故，蒙田袭其封号和领地，一瞬巨富。他在随笔中写道："过渡一下，我可以脱下官袍，过自己想过的生活。"度去一年半，他辞掉公职，隐居古堡。或读书，或思考，或散步。安心吃鸡，悠然喝酒，认真经营领地，自由自在。尔后写《随笔》，一共写了二十年。书出后，轰动欧洲，影响莎士比亚，塑造了伏尔泰和尼采。上文说的"过渡"，却有一点小虚伪，因为在1569年底，蒙田递了一份申请，想晋升一级，上方没批准，他索性一走了之。

书房设在古堡三楼，近三十条横梁上用拉丁文或希腊文写满了名言锦句。离书桌最近的一条是："我是人，世间的一切对我不应该陌生。"蒙田精通三种语言。法语格言仅一句，他自己琢磨的："我知道些什么？"（Que sais-je?）以此为题，法国大学出版社在二十世纪出了一套科普丛书，每本五万字左右，已印行近三千种，通俗易懂，闻名全球。大作家如此描写自己的书间生活：

我的书房在三楼，一生中的大部分光阴，一天中的大部分时间，我都在那儿度过。从书房往外看，看得见我的花园，我的内院，我的鸡猫狗马。我不时翻翻这本书，览览那本书。没有次序，亦无规划。有时梦想，有时记录，有时奋笔疾书。激动时，便踱几步，让遐想翻飞一阵。

蒙田《随笔》书影

刚开始，《随笔》写得像一般普及读物，举一二历史事件或道德名言，加几句不痛不痒的思考或评论，有它不多，缺它不少。传扬出去，反响平平。终于有一天，作者找到了突破口：写他自己。于是，诞生了一种新文体。在那儿，天高地阔，我行我素，收放自如，不拘一格。论其重要性，相当于我国的《道德经》。只不过，法国圣贤爱说话，洋洋洒洒，写了近百万字。老子惜墨如金，只献五千余言。用亨利·米肖（Henri Michaux）的话说，老子丢下几颗石头，你捡到，得琢磨一辈子。在前言中，蒙田挑明自己的墨路：

希望读者览过闲散文字，能看到我简单、自然、平实的生活方式，不刻意，无装饰，因为我写的是我自己……亲爱的读者，吾书之素材，即吾人也。也许你无意在如此平淡的主题上耗费时间。若此，我们或许永别？

此刻的蒙田像一个隐士，用我们的说法，叫出世。他有几个相应的优点：无宗无派，宽大为怀，知识渊博，为人正直，办事公正，待人随和。没本事而避世的，叫躲。蒙田想隐却隐不全，国王和王子都来找他。十六世纪后半叶，天主教与新教斗得你死我活，法国经历了三十年的宗教战争，生灵涂炭，满目疮痍。良与莠、好与坏出自三个关键人物：当政国王亨利三世，天主教首领吉斯，新教领袖纳瓦尔。三派争来斗去，分分合合，一如我们的《三国演义》。这三人都与蒙田交好，在他们之间，蒙田成功斡旋三次，免去许多灾难。

末尾一次最重要。亨利三世的弟弟去世，按规定，纳瓦尔成为合法继承人。然而他领导法国新教，与天主教水火不容。吉斯又极力作梗，与亨利三世联手，要灭掉纳瓦尔。国王派出强大军队，被纳瓦尔打败。本来他可以乘胜前进，以武力登基。却有一弊：要血流成河。纳瓦尔慈悲为怀，卓有智慧，没有得理逞强。他带一帮人马，拜访蒙田去了。这是1588年9月，蒙田已五十五岁。头一年，纳瓦尔在古堡住了两天，睡蒙田的床。这一次，两人密谈了三小时。一周后，蒙田以出书为名奔赴巴黎，路上被打劫。抵达目的地，又被抓住，关进巴士底监狱。王后出面，才放了人。还好，只关了他一天。

终于见到了国王，蒙田唇开舌绕，坦诚相见，调停圆满成功。有一项条件很重要，纳瓦尔改信天主教。翌年亨利三世驾崩，纳瓦尔登基，执政二十年。关键时刻，发布《南特赦令》，结束了宗教战争，重振法兰西。他有一个著名理想：让臣民每周吃一只鸡。登基前，纳瓦尔给蒙田发了请帖。蒙田没去邀功，却回了一封信，末尾说："希望您像爱朋友一样爱被您征服的人们。"

　　论入世，蒙田最华丽的一笔是在波尔多当了两任市长。1581年9月7日，蒙田接到一封公函：经过投票，您被任命为波尔多市长。大作家更看重自由，而且身体有恙，患了肾结石，常常痛得直不起腰。他父亲死于此病，三十年前，也当过波尔多市长，忙得姓什么都忘了。蒙田不理不睬，埋头写书。两个月后，国王亲笔追来一封信：你为人我喜欢，你办事我放心，带上公文包，赶快上任。蒙田只得去市政厅，做的第一件事，便是向手下和市民如实剖析自己："我不记仇，也无野心，更不贪钱财，只厌恶残暴。换句话说，我记性差，缺警惕，没经验，短魄力，不积极。但该认真的时候，我会认真。此刻我承诺，以民为本，我将以最大的忠诚履行自己的职责。"

　　两年后任期满，蒙田又被选为市长，在当时的官场属凤毛麟角，也说明他工作出色。我认为，他的秘诀在于无为而治。当时战火连绵，老百姓都想安居乐业。但凡战事，他都一口回绝。城市受到威胁时，他四处周旋，常常以口舌化干戈。迫不得已，他披甲上阵，身先士卒。当了市长后，他仍住古堡，能不管的事，尽量不管。结果却皆大欢喜。国王奖赏他为王室绅士，那是一项大荣誉。也有短板，距第二次任期结束还剩一个半月，蒙田出公差，波尔多爆发鼠疫，短期内死了一万七千人，接近城市人口的一半。归来后，他直接回古堡，躲进小楼。催他回岗的信一封接一封，蒙田回复：肾结石犯了，走不了路。卸任仪式他也没参加。基于他一贯的无为，大伙没怎么责怪。三百年后，历史学家却认为，这是恶性失职。此刻我想问一句：就人生哲学而言，这等失职叫出世还是入世？

拉伯雷哪年生的

　　也许年代久远，也许自隐过度，读介绍拉伯雷（Rabelais）的文字，我们常会遇到一些谜点。比如说，拉伯雷到底生于哪一年？目前有三种说法：1494年，1489年，1483年。国内一般取1494年，法国则偏向1483年。1494年是学者勒弗朗根据《巨人传》第二卷高康大的生日推算出来的，原作写道："那巨人生于忏悔节（mardi gras，直译为'油腻星期二'），在2月3日左右。"忏悔节是个流动节日，与2月3日大致重合的年月即1494年2月4日。附加一佐证：1523年，拉伯雷结识著名学者布岱，他在信中自称adulescens。这是一个拉丁词，指三十岁之前的"年轻人"，从1494年至1523年恰好二十九岁，在年轻人的范围内。也有人说，adulescens是谦词，如同我们说"小的""在下"，当不得真。

　　1494年之说有个长处，与后面确定的作者生平衔接比较自然。拉伯雷家境富裕，其父是律师，任司法总管，扬名一方。大师从小接受良好教育，十七岁做修士，在修道院待了十五六年，借机学了希腊语。而后脱掉黑袍，去巴黎学了两年医，认识一位寡妇，生下两个孩子。1532年在里昂行医，历时三年，两次登上名医榜。还有两个"独一无二"：1530年，拉伯雷上

《巨人传》中的插图

了蒙彼利埃医学院，只上了六周课就通过考试，获得医学学士学位；《巨人传》先出第二卷，再出第一卷。先说"儿"，后谈"父"：这两本书是法国现代小说的起点，其幽默和变形影响了欧洲众多作家。

1489年之说也从《巨人传》第三卷中推出，原书名为《第三部书》，这个日期的认可度不高。说来话却长。头两部书写

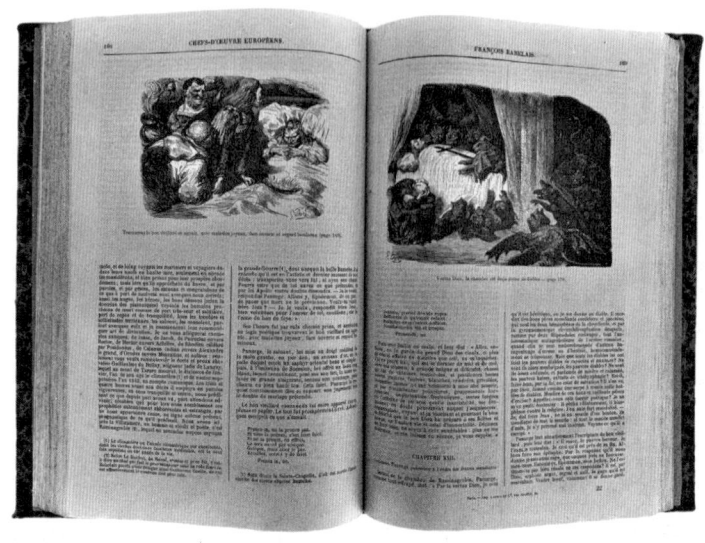

《巨人传》书影

得比较实，出版后遭到索邦神学院查禁，幸好，红衣主教杜贝莱[1]赏识作者，聘他为秘书，相当于保护。又向弗朗索瓦一世大力推荐，国王授权，拉伯雷才用真名出版《第三部书》，后面跟着第四部、第五部。鉴于先前的教训，作者行文更隐晦，变形幅度更大，史信度明显降低。信第三部书不如信第二部书。

　　1483年之说更坚实，它取自拉伯雷墓志铭的副本，其上明文写道：拉伯雷故于1553年4月9日，享年七十。往前推七十年，即1483年。取这个日期，会出现一个空档：1500年至1510年，拉伯雷在做什么？相关评价也因此发生些许变化。比如说，司汤达四十六岁出版第一部小说，人称大器晚成。那么，拉伯雷应该更晚成，他出版《庞大固埃》时已接近五十岁。

　　至于那十年的空儿，大多数专家认为，拉伯雷在做修士，

————————

① 此处指的是让·杜贝莱（Jean du Bellay），法国诗人杜贝莱（Joachim du Bellay）的叔父。

借机博览群书，巩固拉丁语。大师反复说：求知是我最大的欲望，离开书本，我寸步难行。此乃文艺复兴人文学者的基本特征。还要知行合一，行千里路。1522年至1527年，拉伯雷周游法国，亲历种种愚昧，又随杜贝莱主教出使意大利等国。短了这些经历，以神游见长的《巨人传》将会苍白无力，现拙见陋。拉伯雷还有一个成功的秘诀：世态若暴戾，请避开喧哗，做你愿意做的事。

《巨人传》中的插图

鸭蛋与法国文学

天一亮，我去湖边朗读法语。四野灰茫，周日欢畅。过一会儿，飘来一响亲切声音："小兄弟，你会外语？"我掉头一看，是老杨。他在大队放鸭子，五十岁左右，戴眼镜，乡亲们都说，他读过大书。时日艰辛，知青们只看重他的咸鸭蛋。我放下书，热情回复："我中学上武汉外国语学校，学了六年法语。"老杨说："法国出了很多大作家，对中国友好，周总理在那儿留过学。"末尾关切问："书里讲的什么？"我认真回答："这是一本高年级用的原文教材，复印的，说万尚一家游览巴黎的故事，一共九个单元，三十六课，后面附了大量的名作选读。"

老杨两眼闪烁，右手直抖，恳求道："可否说一课？"我连连点头，翻几页，节译了第九课：

流经巴黎，塞纳河上有三十三座桥，最老的是新桥，始建于1578年，一度很热闹。桥上书摊栉比，有人吟诗，有人作画，有人杂耍，还有拔牙的。《大遗言集》卖得最火，维庸销声已百年，风中仍飘荡《死囚歌》。在《见闻录》中，雨果这样写道：书耀新桥上，知识居心中，河水绚自由。历史高声说，仇恨书的地方一定是人类最暗的角落。

　　文豪在骂拿破仑三世，又像说的别处。那时节，除了毛著与马列，我们身旁的所有好书几乎都被列为毒草，见了就铲，拿到便烧。此刻一本洋教材也成了稀世珍宝。老杨要去课本，仔细翻阅，欣然称赞："图文并茂，精品！精品！"还我书时，轻声问一句："想去鸭棚吗？"我急切回答："想去，很想去！"老杨说："明天收了工，我等你。我们互通有无，你说法国文学，我讲中国历史，配搭唐诗宋词。"

　　鸭棚建在牛口湖边，水面二万亩，住地三十平方米，通了电，围了树，衔接一方可囤两千鸭的大合院。晃一眼，像水边桃花源。离我们知青点才六七百米。老杨是来改造的，缘由不详，因救过公社书记的幺儿，当了鸭倌，那是大队最美的差。我赶去时，晚饭已做好。有鱼有蛋有白菜，鱼是老杨叉的。靠水吃水。黄灿灿的鸭蛋炒了满满一盘，我大快朵颐，老杨一口不沾，说是吃伤了。见我狼吞虎咽，他洋洋得意，笑得两眼眯成一条线。

　　蛋足饭饱，我收拾小桌，洗了碗筷，老杨泡了两杯茶，那是他的最爱。闲聊片刻，我逐句讲解一课，最后翻译加缪的《局外人》片段。老杨评说："这几段写得很冷静，文贵留白，有些话，只说一半更有力度。"这一特征被罗兰·巴特（Rolan Barthe）归纳为"中性写作"，一度风靡世界。我觉得，留白比中性更生动。巴特也是人杰，想一圈，又起一个名，叫"零度写作"。后来又提出了"作者之死"，影响更大。这些都是后来知晓的。月儿圆圆走，虫儿弱弱叫。老杨喝一口茶，拿出《史记》，庄严讲起三皇五帝。但见他，抑扬顿挫，神采飞扬，一瞬年轻十多岁。晃眼到了子夜，明天要出早工，我依依不舍，却也得告辞。老杨说，等一小会儿。随即走到鸭棚东角，挪开矮木柜，露出埋在地下的大缸，里面摞满咸

鸭蛋。他找出旧塑料袋，给我装了十个。真真是，踏破铁鞋无
觅处，得来全不费工夫。

第二天，我在知青点偷偷煮了两枚，一口气吃了六两饭。
那蛋不咸不淡，出红油，带鲜味，别处的都没老杨腌得好，难
怪知青们都跟着他跑，经常为他偷采茶叶。铺到经济层面，老
杨颇拮据，做饭缺作料，人少时到处捡废纸。我带了三十元，
比较富，"六一"那天，我送给他十沓信纸、一瓶墨水，还买
了一瓶酱油。老杨手舞足蹈，连声说："知交，知交，忘年之
交，能动一动笔，日子更好过了。儿童节是我的福音。"还有
佳讯：粉碎"四人帮"，国家拨乱反正。老杨收到几封公函，
脸上经常泛微笑。

文学与鸭继续合唱，四野更亮丽。在鸭棚里，我一周吃
一两次饭，经常有鱼，加了酱油味更美。几个月后，鲜鸭蛋我
也吃腻了，咸的迷恋如旧。法国人也以食为天，原版教材经常
讲吃，第七单元详细介绍了夏多布里昂牛肉的来历，还道出一
个有趣细节：雨果吃橘子不去皮。给老杨说课，我更加用心，
单元后的文学选段，我精雕细琢，全文译出，合计五万多字。
拗口时，老杨帮我改一改。他还有一奇能。课文给个点，老杨
能举一反三连成一片，依托中国，从日本讲到美利坚，有时还
在阿尔巴尼亚停一脚。遇到新知识又谦虚无限。在嘎嘎的鸭叫
声中，我们生动地认识了巴黎，识得二十几个法国作家。当时
罕见的有维庸、龙沙、拉伯雷、蒙田、马拉美、纪德。老杨感
慨："蒙田说得好，生之本质在于死，只有乐于生的人才可谈
去死的烦恼。死囚维庸都能扬名天下，我更该努力。"交换十
个月，三十六课全讲完。《史记》告结，老杨又把中国历史给
我拉了两遍，教我背了几十首唐诗宋词。不知为什么，那时学

的东西，记得特别牢。

　　1977年秋，全国恢复高考，由老杨指导，我突击一个半月，以高分考入心仪的大学。历史成绩我全省第二，法语99分，全国第一。半年后，老杨平反，回到武大做历史教授，迅速成为知名学者。又到儿童节，一如既往，我带着市面上买不到的新茶，去珞珈山拜望老杨。恩师白发童颜，手脚活动自如，言语思路清晰，见了我欣欣嚷："维庸三十二岁匿迹，我如今年岁大他三倍多，还四处跑，八方亮相。当年对巴黎的了解成了我走向世界的一块跳板。"我连声高呼："光阴短暂，杨老万寿无疆。"如同在鸭棚，老杨两眼笑眯成一条线。保姆上了茶，师母柔声透露，一个月前老人家为我腌了一缸来自牛口湖的土鸭蛋。

在老狼和小羊的背后

经妻舅引荐，拉封丹（La Fontaine）幸会富凯（Fouquet）。文水涟漪，映出一座金顶银塔。富凯乃财务大臣，富如马云，权重如山。又爱文学，经常写诗，资助了一批艺术家。才谈半小时，相见恨晚。第二天，两人签署一份协议：拉封丹每年作颂歌12首，富凯支付一笔年金。数额有几种说法，我偏向于3000里弗尔（约45万元人民币）。富凯颇有眼力，他资助的高乃依、莫里哀都成了一流大师，对十七世纪的法国文学，他做出了重要贡献。也有致命缺点，依仗太后的信任，他经常自以为是，不时嚣一张。马萨林去世后，他成为法国首富，资产累积1950万里弗尔，年薪达15万里弗尔。在巴黎附近，他建了一座城堡，占地广，用料考究，富丽堂皇。大理石来自意大利，挂毯购于波斯，木材取于西班牙，仅装修就花了400万里弗尔。1661年8月17日，国王路易十四应邀来访，富凯打开250个喷泉，大放烟火。连同王室随行，

拉封丹

《拉封丹寓言》插画

晚宴请了1000人，都是名流。拉封丹、高乃依在那儿打文杂，莫里哀率团演出他刚刚创作的《讨厌鬼》，还有塞维涅夫人[1]

---

[1] 塞维涅夫人（1626—1696），法国女作家，出身贵族，所著《书简集》是17世纪法国古典主义散文的代表作。

（Madame de Sévigné）等知名女作家。

国王挤出一笑，暗中怒恼。凡尔赛宫还没开工，他的住地平朴空荡，相形见绌。在回巴黎的路上，他对太后说：我们要做点什么，让他们把不该吃的给我吐出来。新提拔的大臣柯尔培尔早把富凯当成眼中钉，不停说小话。国王刚回宫，他又密告：上一周，在海边百乐堡，富凯添了200杆枪，又买了30门炮。国王神经高度绷紧，接到柯尔培尔表弟提交的调查报告，立刻下了决心。1661年9月5日，奉国王之命，卫队长以贪污罪逮捕富凯。案子审了三年，裁决如下：没收全部财产，驱出法国。国王利用手中特权，改判为终身监禁。富凯知道得太多，影响过大，哪能让他流入敌国。

保护人锒铛入狱，拉封丹不畏强暴，公开给国王写信，又匿名作诗，四下传扬，全力为富凯鸣冤，恳求放人。路易十四大为光火，柯尔培尔怒发冲冠，当即取消拉封丹的王室津贴，罚他去外地反省。作家只能从命，在利穆赞流放两年，回到巴黎后，远高堂，悉心运笔，1668年发表《寓言集》，一举轰动法国，吸引全世界。又当选法兰西学术院院士。到如今，法国人背得最熟的诗，是拉封丹的《知了与蚂蚁》或《乌鸦与狐狸》，此刻我要说的是《狼和小羊》。

看得出，拉封丹还在为富凯叫屈。首先挑明丛林法则，强者有理，占山为王。后文阐明一句话：欲加之罪，何患无辞。最令我敬佩的是，在诗的结尾，作者用了一个敏感词——诉讼。那几年，一说到它，人们会立刻想起富凯。对于国王来说，判决并不理想，柯尔培尔气得三天没吃好饭。为这桩案子，他鞍前马后，上蹦下跳，忙了整整三个年头。朝廷期待死刑，最终表决结果是——22个法官中，只有9人投了赞成票。

《狼和小羊》插图

富凯背负两项罪：挪用贪污公款；私备武装，大逆不道。针对第一项，控方强调富凯在当财政大臣前如何穷，被告方拿出大量证据，确证当事人在主管财政之前已经很富有。别的不说，他父亲故去时，给他留了80万里弗尔，且不算三家公司的收入以及大量股票。针对挪用公款，律师说，当时法国的信用度很低，以国家的名义做生意，没人投资。偶尔勾来一两个，分成比例要得太高。用富凯的名义行商，合伙人多，要价低，国家挣的钱多。而且账目单立，各个环节都有证人。富凯被捕那年，他的资产为1562万里弗尔，负资产高达1570万里弗尔，亏了8万里弗尔，说明管财政并没有给当事人带来明显收益。

第二项指责有点牵强，主要依据是从城堡的一面镜子后找到的一份防御计划书，以及由此购买的武器装备。富凯乃辩护高手，一直强调那只是防卫，没有攻击意图，不能构成叛乱。最后高声说：我经历了投石党，全力保护过王室，做些防备，情有可原。遇到不测，或许我更能为国王效力。这几句辩护词可能起了大作用。投石党暴乱时，许多贵族离心离德，路易十四与母亲两度逃离巴黎。富凯坚定站在幼小国王一边，全力协助首相马萨林，平息了叛乱。审判富凯期间，据说太后对儿子只说了一句话：别忘了，他是我们的恩人。因此，虽然结果欠佳，国王并没有续以恶手。

但是，一如伏尔泰所说，这富凯绝不会洁白如雪，借王国之名，他收了不少贿赂，肯定挪用了公款，占了国家的便宜。只不过，与去世不久的马萨林相比，完全是小巫见大巫。前首相留下的遗产有5000万里弗尔，总资产高达2亿里弗尔。那时法国全年的税收才8300万里弗尔。路易十四坐稳后，把他老师马萨林的财产也没收了。法官之所以相对轻判，是因为，朝廷太急于处死富凯，频频违反程序，引起普遍反感。再加上，审判时间拖得太长。富凯好友多，有利于他的审判细节一一传出来，民众渐渐从愤怒转向同情，得知他躲过绞刑，一个个兴高采烈。

写到此处，不禁为富凯感到庆幸。在法国历史上，最极权的是路易十四时代，与清朝的康熙年间大致对应。若在东方，皇帝一句话，早把那盖儿弄死了，甚至会株他九族。囚禁在比尼罗勒城堡的富凯，却占两间房，配了仆人。后来还可在院中散步，可以接待家人和朋友。关到后期，国王纪念前恩，下了释放令。圣谕才上路，富凯却病死在儿子怀里，时间停在1680年3月23日。

最后回到《狼与小羊》，这是气节，也是人品。归总说，拉封丹是一条汉子。还得佩服他的手段，这等敏感的事，他不使拼音，不用错别字，借助俩动物，编几句对话，全得体说出，而且还是优美的诗。

莫里哀之死

演完《无病呻吟》第二幕，莫里哀（Molière）胸口疼痛，极度疲倦。头一幕独完长白，他已逆气。此刻一脸苍白，满头薄汗，不时咳几下。男二号巴隆提议：大师，你病两天了，今日太憔悴，我们停演吧！莫里哀看了看座无虚席的皇宫大剧院，弱弱说：来了这么多人，不能愧对观众，后面是歌舞，我可以歇一歇，只剩一幕，咬咬牙，挺得过去。剧目往下逶迤。这是莫里哀写的第三十部戏，为了迎合路易十四，特意加了歌舞，全部出自大笔手。

莫里哀演主角阿尔冈，这家伙对自己的健康疑神疑鬼，整

《无病呻吟》书影

天看病吃药，一个月洗十二次肠，被人模狗样的医生骗走大把钱财。第二任妻子表面忠贞，却在等他死，两眼瞄着他的财产。

依从女仆之计，阿尔冈装死，妻子信以为真，又唱又跳，兴高采烈，女儿却真诚痛苦。阿尔冈看清人间一角，幡然悔改，不再强迫爱女嫁给傻头傻脑的医生。但他仍继续着迷五花八门的疗道。第三幕开场，莫里哀坐在扶椅上，抛出一句名言：每人都有病，只是不知而已。他身体一歪，顿一会儿又说：感觉不好了，我先抽一口烟。便拿出长柄烟斗，往脚下一磕。"砰"一声，他突然倒地，这一倒与前三场不同，尤其逼真，观众报以热烈掌声。莫里哀费力爬起，坐上扶椅，憨憨地笑。

后台的演员心知肚明，大师真发病了，司场赶快拉上幕布。走近一瞧，莫里哀已不省人事。大伙立刻雇抬椅，先把病人送回住地，同时去叫医生。到家时接近七点，躺上床，莫里哀醒过来。巴隆问：想喝汤吗？莫里哀答：汤太烫，给我一块奶酪吧。妻子阿尔芒特赶回，医生到场，寄住家中的两位修女也来听使唤。莫里哀开始咳嗽，变本加厉。平息间，对两位修女说：主在上，我要忏悔。却忘了重要的一环：按教规，戏子若想葬入教区墓地，必须写一封放弃演职的公开信。

一口浓痰卡在喉头，莫里哀用力一咳，震破了肺动脉，鲜血从口中溢出，话语也模糊了。阿尔芒特立刻去教区，请求做临终忏悔，主教唤来神甫，头两个拒绝前往。第三个赶到时，莫里哀已断了气，时间落在1673年2月17日晚10点，大师终年五十一岁。巴隆奔向王宫，及时禀告国王，路易十四愣了许久，眼睛湿润了。说来都是缘，也是恩惠。莫里哀能立足巴黎，全靠路易十四赏识。进驻首府第五年，剧社打出国王的旗号，免费使用皇宫大剧院，每年获王室6000里弗尔补助。去世

《无病呻吟》插画

前六年，莫里哀的年收入常常达到1.5万里弗尔（约225万元人民币）。那时月薪40里弗尔就可以养活一家人。

　　随后遇到一个难题：莫里哀没写脱戏书，没做临终忏悔，不能葬于教区墓地。但喜剧大师留下遗言，定要葬于此地。主教左右为难：接受，说不过去，当事人几乎死在舞台上；拒绝，莫里哀名气太大，一定会引起公愤，戏迷可能会撕了他。好在教规开了一个活口：当事人若像好基督教徒那样离去，特殊情况下可以破例。决定权却在上方。主教把球踢给巴黎大主教。国王也发了话。大主教高度重视，派两人去调查，结论是：当事人符合特殊条例。却附了三个条件：第一，不能大张旗鼓；第二，最多去两个神甫；第三，葬礼不可见太阳。1673年2月21日晚9点，莫里哀家门口聚了数不清的人，燃亮几百支火把，大伙跟随灵车，缓缓走向圣约瑟夫教堂，送葬的队伍延绵几里。

　　法国大革命时期，莫里哀的遗骸移送到法兰西纪念馆，纪念馆拆除时，迁到拉雪兹神父公墓。风雨洗尘，大浪淘沙，岁月给了莫里哀一个称号：法兰西喜剧之父。1680年，应国王之令，以原莫里哀剧团为班底的盖乃古府剧团与勃艮第府剧团合并，组建了著名至今的法兰西喜剧院。阿尔芒特已改嫁他人，死于1700年。许多人说，她很像《无病呻吟》里的二妻。用人却道：大师故去，她哭得很真诚。

到如今，法兰西喜剧院已收纳各国剧作名家1024人的戏剧，莫里哀的戏上演率最高，从1680年起，一共演了33400场。排在第二位的是拉辛（Jean Racine），9400场。"磕烟斗"（casser la pipe）化作固定短语，意为"死去"。更为荣耀者，莫里哀的名字成了法语的代称，人们常说：C'est la langue de Molière。每年的1月25日（大师的生日），法兰西喜剧院会演一出莫里哀的折子戏或全剧。终幕时灯光大作，从舞台上方徐缓降下一把扶手椅，莫里哀临终坐的那把，是原件，套了防弹玻璃罩。剧院全体人员登台，观众起立，上下鼓掌。头领从莫里哀的剧中抽出几句话，高声吟诵：他来了，他来了，他带给我们经久不衰的笑。

晚年穷不穷

高乃依

　　打开百度，输入高乃依（Pierre Corneille），敲一指，迅速跃出要找的词条。扫过几段，我读出一句话：1674年，他完成悲剧《苏莱拿》后停笔十年，最后在贫困与孤寂中死去。点开另一词条，还是说他晚年潦倒，几个网站相互抄。追因溯源，法国的许多书和网站也这么说。最新的研究成果却表明，高乃依晚年并不穷。1606年6月6日，高乃依生于法国鲁昂的一个中产之家，一生算不上富贵，却称得上宽裕，一如其生日，六六顺。中学毕业后，他攻读法律，学有所成，父亲花11500里弗尔为他买了两个职位：王家水泽森林律师和海军部驻鲁昂律师。这笔钱大致相当于今天的170万元人民币，不是小数目。从1629年起，高乃依做了二十一年律师，业余弄笔，从容舒展。

　　此刻重点说经济。高乃依一生写了三十二部剧，以悲剧扬名，这一项的收入估计在4万里弗尔左右。他三十五岁娶妻，生了六儿二女，夭折两儿。前后拿过四回资助或津贴。还耗时五六年，翻译基督教经典《师主篇》，十年再版二十次，所得稿费应该在1万里弗尔左右。对于戏剧大师，资助和津贴是一项重要收入。1633年，黎塞留首相在鲁昂附近疗养，高乃依写了三首赞美诗，被首相看中，纳入五人写作组，年薪1500里弗尔。当时月薪40里弗尔可以养活一家人。

干了三四年，却发现首相预设的剧本限制太多，展不开手脚，高乃依便以家庭负担重为由，退出写作小组。爱钱却不灭个性，算一条汉子。1645年，新首相马萨林又把他纳入基层津贴名单，每年资助1000里弗尔。五年后再给一个美差：做诺曼底的检察长。高乃依手舞足蹈，把原来的职衔都卖了。才干一年，又遇投石党乱，王室与贵族争斗，马萨林失势，被迫流放德国。老检察长卷土重来，高乃依被辞退。晃眼之间，公职和津贴都没了。1658年，财政大臣富凯伸出橄榄枝，高乃依欣然接受，获2000里弗尔年金。一年后，写出经典悲剧《俄狄浦斯》。开首置顶一句：献给尼古拉·富凯侯爵。好景不长，三年后，富凯被国王丢入大牢。

1663年，高乃依终于进入王室奖赏名单，每年获2000里弗尔资助，比我们作协的资助高得多。为了这一天，大剧作家奋斗了二十几年。随后受奖的人数逐步减少。凡尔赛宫开工后，津贴一拖再拖，有时两年发一次。柯尔培尔当权后又变了风向，到1675年，高乃依的津贴也被取消了。此刻他已停笔，时间很充裕，直接给柯尔培尔写信。另一端，大量作御用文。路易十四打胜仗，他高唱赞歌；王子结婚，他美语颂扬。还让布瓦洛在国王面前为他美言。功夫不负有心人。从1682年起，王室给他复发津贴，直到两年后他离世。复发津贴的消息没有公布，前几年，专家们才从凡尔赛宫的档案里翻出。

大剧作家的后代也安排妥了。二儿战死疆场。曾经让父母破费的大儿在国王身旁当了军官，待遇优厚；又娶一个富寡妇，嫁妆达3万里弗尔。幺儿任神职，年收入3000里弗尔，属于高薪。又卖了鲁昂的住宅，得款4300里弗尔，拿出3000里弗尔为女儿买年金，相当于养老保险，此项已买十五年。依持它，女儿往后生活无忧。归总一句，高乃依的晚年比较富裕。别的不说，那2000里弗尔的津贴可以解决很多问题。

《西拿》书影

高乃依有个弟弟

　　很多人知道，皮埃尔·高乃依是法国十七世纪的著名剧作家，与拉辛一道，并称为法国悲剧的奠基人。一部《熙德》搅天下，都尊高乃依为大师。鲜为人知的是，这位大师还有一个弟弟，也是剧作家，在十七世纪，两人并誉齐名，都做了法兰西学术院院士。此弟叫托马·高乃依（Thomas Corneille），比哥哥小十九岁，相貌更英俊。托马生于1625年，开初也写喜剧，而且出手不凡。他与滑稽剧大师斯卡龙①同题设擂台，以《画地为牢》掀翻了《自我监禁》。1656年，其《迪莫卡特》一炮走红，连演八十场，是十七世纪最火的一部悲剧。受莫里哀遗孀的委托，托马将哥哥的散文体喜剧《石头之宴》改成诗体剧，更名为《唐璜》，从此一演再演，高名远扬。却只是有赏笔工，托马得了1000里弗尔，相当于当今的15万元人民币。

　　托马还创造了一项经济纪录。他写轻喜剧《占卜者》，老板预付6000里弗尔，这个数额无人能及。哥哥最多才得2000里弗尔，莫里哀、拉辛都低于这个数。也留下一项负面纪录：《沼泽男爵》首演，托马被观众轰了出去。更有两个奇异交合

---

① 保尔·斯卡龙（1610—1660），法国剧作家、诗人、小说家，代表作有《亚美尼亚的堂雅菲》《滑稽小说》等。

点：由首相黎塞留撮合，高乃依娶了某贵族的大女儿。几年后，托马娶其二女儿。两兄弟是连襟。高乃依当选法兰西学术院院士，坐第十四把交椅。之后，托马入选院士，坐的也是第十四把交椅，顶他哥的空。虽为竞争对手，拉辛致欢迎辞却十分真诚，高度赞扬了高乃依的成就。

兄弟两个相处和谐，托马来巴黎后，除了最后一年，都与哥哥住一起。较长一段时间，两人常被相提并论。哥哥听了由衷高兴，弟弟总说：他老大，我老幺。两兄弟为人忠厚，能进能退，不吝说人好话，在朋友之中有口皆碑。最后却有一大困惑：350年后，哥哥光彩夺目，日益辉煌；弟弟却像一颗彗星，亮几闪，全黑了，一度连演八十场的《迪莫卡特》后来竟无人问津。是弟弟当年沾了哥哥的光，还是哥哥遮了弟弟的阳？再要么，一锅煨，大伙把两位合成一个人了。

高乃依兄弟

拉辛滥情吗

　　喜爱拉辛的观众，常常惊诧：微胖一男人，面相不奇，却能如此生动细腻地写出女性强烈多变的情感，且入木三分，经久不衰。因此推断，实践出真知，剧作家一定找了众多女人。其实不然。拉辛生于1639年，故于1699年，载于史册的，只有两个情人、一尊老婆。情恋皆在结婚之前，属于"婚前财产"，却都羞花闭月、沉鱼落雁。排演《安德洛玛克》时，拉辛硬性规定，主角必须由杜巴克小姐扮演。小姐只是艺称，杜巴克早已结婚，老公在同一个剧团演仆人，有些名气，身体却虚弱。女主角的老公病逝后，拉辛才与她走到一起。杜巴克最早是莫里哀的艺员，却演不了主角，莫的情人和后来的老婆都在剧团里。高乃依识人善用，把她挖到另一个剧团，演其名作《熙德》的女一号。你来我去，两人也有一腿。为此，莫里哀与高乃依彻底闹翻。

拉辛

　　与杜巴克小姐，拉辛只热火了一

个春秋，1668年，绝色因流产故去。拉辛的第二位情人叫尚梅蕾，在《安德洛玛克》中演女二号，开初只是朋友，情深谊长。杜巴克去世后，两人感情升华为爱。在情海里，拉辛讲次序，分先后，一个个地爱，情浓心不花。其时，路易十四急需一名史官，要求有真才实学且名声好，几度与曼特农夫人[1]商议。曼特农夫人重人品，扒拉一圈，推荐了拉辛。此悲剧大师还有几张王牌：三十三岁当法兰西学术院院士，是法国最年轻的不朽者，精通古希腊古罗马文化，掌握英、西、意三门外语，诗文可与龙沙媲美。

消息传出，拉辛心绪激动，几度颤抖。史官是肥差，待遇

拉辛《悲剧集》书影

好，声誉高。也存一丝遗憾，要告别心爱的戏剧。只一丝。那时戏子的地位低下，一登上舞台，就失去了临终关怀，若不写放弃演职的公开信，死后不能葬进教区墓地。在西方这乃巨亏，近乎我们的大逆不道。尚梅蕾五十六岁病逝，走得突然，没写弃职信，家人哀求几大圈也未能将其葬入教区墓地。伏尔泰因说："我已听说，他们拒绝给尚梅蕾墓地荣誉，不让她与那些穷如乞丐的人在低俗的坟地一起腐烂，我认为，尚梅蕾想得高尚，行得高尚，随着时间的推移，还会更高

---

① 曼特农夫人（1635—1719），路易十四的第二任妻子，美貌绝伦，富有才气。

尚。"剧作家的地位也不高，最受尊重的是诗人，而且要写史诗。于是高乃依和拉辛都用诗文写悲剧。莫里哀写过两出诗体喜剧，证明自己能诗后才全面转向散文。无独有偶，我国的小说也靠诗来增值，四大名著皆以诗歌开头和结尾。曹雪芹吟：满纸荒唐言，一把辛酸泪。《三国演义》曰：天下大势，分久必合，合久必分。《三言二拍》收了上百个故事，每一篇都有诗歌撑腰，也叫"撑门面"。

　　拉辛兴奋许久，坚定说：议而未决的事，随时会变，我要走正道，树个榜样。于是疯狂地，在大半夜与尚梅蕾告别，她有丈夫，长守名不正。回来时，天雨粟，风呜咽。1677年，拉辛明媒正娶，与卡特琳娜结为伉俪。此媒由表哥做，本是一桩利益婚姻。因为女方富裕，又带贵族头衔。到头来，却"益"出了爱情。两人灵肉交融，你唱我和，一共生了七个孩子。拉辛终于当了史官。其后二十年，长住王宫，随国王东征西战，及时记录，定期整理，写了三本"国王史"。应曼特农夫人之求，他又写了两个剧本，颇艳丽。为人却严谨如历史，至终日，没有传出任何绯闻，在法国文学史中，堪称模范。但有一劫，他写的国王史放在继任者瓦兰古尔屋里，突然一场火，烧了个精光。我觉得，那是老天爷在搞平衡。

投毒案

拉辛是德艺双馨的法国悲剧大师，死后几十年，历史学家却在巴士底监狱找到两份文件，发现在当年的投毒案中，他曾是犯罪嫌疑人，芳邻夫人揭发他毒死了杜巴克小姐。事关重大，警员不敢怠慢，立刻展开调查：勘实地，录口供，找旁证，一环套一环。拉辛口紧，对外只字不提。调查表明，拉辛熟识的杜巴克小姐死于流产，肇事者为另一人，有两位医生做证。被毒害的是另外一个叫杜巴克的小姐。此女专门给人堕胎，远在北郊，与拉辛压根不相干。这桩投毒案，我却要多说几句，因为它震动了巴黎，在法国文学史上留下许多痕迹。在国内，却提得极少。

1672年，骑兵军官戈丹去世，清理遗物时，在他办公室发现一个保险柜，除了票据，还装了情人布兰维利耶侯爵夫人的九封信，外加六个装过毒药的小瓶。信中透露，侯爵夫人用砒霜混合蟾蜍唾液毒死其父和两个哥哥，一人独霸家产。立案后路易十四几次过问，警署全力调查。侯爵夫人闻讯逃到英国，再至荷兰，最后潜入比利时，躲入修道院。戈丹的仆人拉绍塞被抓，经审供出，他当过侯爵夫人的同谋，受戈丹指使，一度想毒害国王，法庭立马判拉绍塞裂刑，相当于五马分尸。拉辛在日记里哀叹：这是活生生的悲剧。

1676年，侯爵夫人终于归案，关在巴黎裁判所监狱。几轮审问，她供出税收总长贝娄提耶，此人毒死前任，占了他的位子。贝娄提耶关系多，靠山厚，关押一年后被放出。侯爵夫人被判了死刑。这事被大仲马写进了《名罪录》。三年后，毒气又冒出。一次聚餐，以占卜出名的玛丽喝多了酒，大吹自己靠投毒挣了多少钱，得到几多好处。律师贝兰在场，一一记下，及时报告警长。调查确认，玛丽曾给五位法院高官的妻子提供毒药。拉辛再叹：悲剧一个带一串，人间也会夜长昼短。

审来审去，牵出另一个女投毒师，人称"芳邻夫人"。从她口里，又审出十来个大人物。国王下令，成立特别法庭，取名"热庭"。大人物里，女性居多，且都有爵位。最显眼的是蒙特斯潘夫人，她是路易十四的爱妃，为国王生了七个孩

大仲马《名罪录》书影

子。十余年间，她与芳邻夫人频繁联系，买春药勾引国王，又买毒药企图干掉国王喜爱的佳丽。拉辛戚然作诗：三一律来自现实，悲剧常常发生在宫殿。再往下审，又牵出斯瓦松伯爵夫人、鲁尔伯爵夫人、卢森堡公爵等人，后者为元帅，另外两个是国王的情妇，买毒药皆为争宠。还牵出战争部部长卢福瓦侯爵与首辅柯尔培尔之间的暗斗。

归总说，热庭共传讯442人；下逮捕令319张，125人逃逸；判决104人，30人宣告无罪，36人被判死刑，34人被罚款或被逐出国，4人做苦役。1680年，芳邻夫人被押到戈莱夫广场，当众烧死，终于结了案。在凡尔赛宫，路易十四读了一件件卷宗，苦苦一笑。抬头看看花园，庄严下令，解散热庭。他命令随身仆人把所有卷宗装进布袋，搬到烤肉台，亲眼看着，一把火将它烧了个精光。在回宫的路上，国王喃喃自语：这件事到此为止，应该被历史忘掉。不承想，许多文件在法院和监狱都留了副本。幸好，没有冤枉拉辛。

分水岭

艾田蒲（René Étiemble）曾说：法国是欧洲的中国。此语道出中法两国之间较大的共质性：都偏崇感性，重农，厚人际关系，讲究吃喝，舌尖上出了地球两大著名菜系。差异也大：一个惚兮恍兮，一个泾渭分明；一个爱太阳，一个恋月亮；一个向实，一个崇虚；等等。分岔的交点，我认为在笛卡儿那里，他既是哲学家，也是科学家，耸如分水岭，代表作乃《方法论》。从逻辑学、几何学和代数学中，笛卡儿发现了四条规则：第一，未经求证，不承认任何事物为真，完全不怀疑的东西才能视为真理；第二，将复杂问题分成若干简单的问题来处理；第三，认识事物和解决问题应从简单到复杂；第四，时常检查，确保没有遗漏。这四条规则看似简单，却对法国产生了决定性影响。

从第一条中，法国人学到了怀疑主义，获取了创新精神。他们认为，世界永不固定，生活需要不断更新。新颖独特永远是文学的第一生命力。取后三条，法国人则凸显理性的一面，做事循法，讲步骤，注重分析论证。落到日常中，具化为几乎人手一本的记事本。约保罗周日喝个茶，他的第一反应是看记事本。别小瞧那几行字，按笛卡儿的说法，那叫分解时间，由简单到复杂，可增加效率。更为重要的是，减轻了大脑疲劳，轻松了心。也有欠缺。五年前的11月，我在巴黎讲学，周六晚上想请罗贝尔教授吃个饭。他拿出记事本，翻了一阵，小声念叨：下周六约好去郊区采草莓，下下周六学水中体操，下下下周六约学生谈论文。直到来年的一月底，都排得满满当当。我在巴黎仅待半个月，只能苦苦一笑。

有感于此，当代作家菲利普·德莱姆（Philippe Delerme）写了一篇短文，叫《临时受邀》，见《第一口啤酒》：去好友家问个事，交谈甚欢，星星探出头，好友随口问，晚饭就在这儿吃，有啥吃啥，如何？来者欣然点头，心间涌出一股久违的幸福。作者感慨：记事本太满，日子都编了程，人脑被电脑奴役，本质的生活离我们越来越远。有时候，我们更需要随心所欲顺其自然。用禅宗大师赵州的话说：喝了粥，洗钵去。

过分的脑记弊端也多：第一，累心；第二，硬背多了会弱化创新意识，没有创新精神的民族永远不会走在世界的前列。如同所有理论，笛卡儿的方法论也需扬弃和完善。至阿波罗1号登月工程出现，科学家们才发现，有些复杂问题无法分解，必须以复杂对复杂，因此出现系统工程，引出混沌学。体现在大学里，叫跨学科研究，这五个字我们常常挂在嘴边，许多壁垒却久久跨不过去，地球不停转动，我们还需与时共进。

笛卡儿之死

应瑞典女王克里斯蒂娜之邀，笛卡儿来到斯德哥尔摩，担任女王的私人教师。也是对话人，因为女王天资聪颖，学养丰厚，对形而上有热切追求。笛卡儿住在法国大使沙吕家中，待遇优厚，锦衣玉食。此刻的他已被称为大师，创立了解析几何，更新了物理学，奠定了西方现代哲学思想的基础。每天凌晨五点之前，两人在王宫内厅会面。谈科学，话哲思，赞上帝。女王虽是新教教徒，但四围都在劝她改信天主教。笛卡儿

笛卡儿（右）与瑞典女王克里斯蒂娜（左）

信奉天主教，又生反骨，对抗某些教理，拥护"日心说"。出入一个多月，传出闲言碎语：女王与笛卡儿有一腿。女王微微一笑，不置可否，流言飘得更高。

最后飘来一朵不测之云。1650年2月11日，来瑞典不到半年的笛卡儿突然故去，终年五十四岁，说辞是急性肺炎。过了不久，又传出别的说法，最响的是毒杀。几百年过去，毒杀之说再起。1996年，皮斯出版《笛卡儿案件》，又有埃伯尔的《笛卡儿神秘之死》。依托大量档案，两位作者得出结论：笛卡儿死于一个裹有砒霜的圣餐饼，凶手是维奥果神甫，他怕笛卡儿以异端奇说阻碍女王改信天主教。笛卡儿卧床后，女王派去御医，记载的症状如下：腹部绞痛，战栗，呕吐，尿中带血。

回到住地，笛卡儿让用人用酒和烟丝配了一杯催吐汁，说明他已怀疑有人投毒。挣扎两日，没能挺过去。一晃到了1666年，受路易十四委派，驻瑞典大使胡戈多方协调，着手运回笛卡儿的遗体。开棺时，发现尸首过早解体，便将遗骨装入80厘米长的铜盒里。大使随手取了笛卡儿的食指骨，《方法论》就是用它写的。第二年6月24日，铜盒安放在巴黎圣热纳维耶夫修道院的地下室，随后转辗三地。1792年，用红木匣换掉铜盒，打开后，发现笛卡儿的头骨不见了。在转移的过程中，学者勒努瓦又顺手取了一块平骨，做成戒指送给朋友。至1819年，遗骨装入石棺，永久定居圣日耳曼德佩大教堂。

尘埃刚刚落定，头骨却跳了出来，其顶部用拉丁文刻了一首诗，记录了九个拥有者的姓名。专家们推测，很可能是斯德哥尔摩的守城官伊萨克偷出来的，当时他负责装棺。头颅在瑞典转悠一百多年，最后一次拍卖时，落入瑞典化学家柏齐力乌斯手中。1821年，柏齐力乌斯专程来法国，将笛卡儿的头骨交还给博物学家居维叶。几年后，头骨落居巴黎植物园解剖馆。1931年转入巴黎人类博物馆，成为镇馆之宝。接下来却"百花齐放"，一瞬冒出五个笛卡儿头骨，其中三个与博物馆的雷同，剩下两个另一副模样。相对而言，瑞典化学家交还的那个可信度最高。

　　1996年，菲永总理提议，将头骨转入拉弗莱什皇家中学，因为笛卡儿曾在那儿学习五年，但最后没能落实。又有人建议，将头骨送入先贤祠，依旧不见实质响应。原因很简单，大家怀疑尸骨的真实性。后来，还出现了笛卡儿腿骨、笛卡儿锁骨，等等。有人甚至说，当年装入铜盒的是另一个人。真也好，假也罢，收藏家最看重的，还是头颅，因为闻名天下的"我思故我在"是从这里诞生的。

伏尔泰的爱

花间事，从头说起。1713年，不满二十岁的伏尔泰（Voltaire）远去海牙给法国大使当秘书，表现不俗。某日公务，他爱上美女奥兰普，对方回应热烈，两人很快就如胶似漆。美女之母信新教，受迫害而流亡荷兰，痛恨法国君主，连带各类爪牙。母亲气势汹汹，把伏尔泰告到大使馆，还扬言要往上捅。大使怕出事，将伏尔泰遣送回国，后者一瞬断了前程。

伏尔泰

在家待了一阵，伏尔泰说服父亲，全身心投入文学。才写一年，小有名气。畅意花丛又尝几回甜。也俗气，他勾引法院院长的夫人，只为做生意。追求克里雅，为自己出书通关节。《俄狄浦斯王》走红之后，伏尔泰疯狂爱上了维拉尔公爵夫人，却是一头热。挺持一阵，苦苦退场，却顺势靠近她丈夫，进入高层贵族圈。见了知情人，伏尔泰反复自嘲："我投靠友谊，情伤已愈。"从此的确以朋友身份与公爵夫人交往了一生，堪

查特莱侯爵夫人

称俗中雅。又短暂勾搭了几个女演员，如苏珊娜、阿德琳娜，都是他剧中的名角。

最重要的女人，当数查特莱侯爵夫人，她比伏尔泰小十二岁，是其保护人布勒德伊之女。两人于1733年交合。侯爵夫人的丈夫当军官，一年到头戍外，有自己的情况（武汉方言，情人）。他不求妻子忠诚，只望顾好颜面。伏尔泰便以世交之名长住查夫人庄园，行夫妻之实。外表他抹得又光又鲜，几近堂皇。查夫人知识渊博，见解新颖，文理通吃。十六年间，她一直在引导开发未来的大师。受其影响，伏尔泰着迷于牛顿，对科学产生浓厚兴趣，常常说：我跟她学思想。伏尔泰之所以成为哲学家，她推了好几把。她还教他外交常识，帮他梳理规范混乱的活力。天造地和，两人在一起度过了最初十年的幸福时光。

冷却缘于三观分歧。那一年，查夫人放弃牛顿的唯物观，投向莱布尼茨的乐观决定论，伏尔泰愤愤说，这是哲学欺骗。感情淡薄后，他与外甥女德尼夫人私通，这个出格的隐私捂到大师故去后才漏光。查夫人另找二三情人，末了疯狂爱上朗贝尔侯爵，还怀了他的孩子。两人各行其道，却没分手，精神的默契将他们扭在一起，还相辅相成。伏尔泰出言直爽，常结冤家，查夫人帮他化解。庄园里搞工程，伏尔泰立马掏腰包。她赌博借债，他主动去还。1749年，查夫人死于难产，伏尔泰痛不欲生。外甥女虽无微不至，但当不了精神顾问，心灵对不上话。她还欠忠诚，外出野过几回，明火执仗地乱花她舅舅的钱。

　　女作家德比内如此描写德尼夫人："这个外甥女真可笑，又矮又胖，五十来岁，丑陋而善良，口不由己地撒谎，却无恶意；刚刚脱蠢，又装聪明；不停地叫嚷、定决、论政、作诗、胡言乱语，这一切，没有太多的抱负，不伤及任何人。她深爱她舅舅，既是舅舅，也是她的情人。"另一作家却说："她脸部轮廓清秀，目光柔和，待人亲切，有些性感，特别持家；大师颇珍惜，不时嘲讽她两句，心里却对她充满敬意。"到了晚年，伏尔泰更依赖她，除了去奥地利的三年，她一直守候在他身边。大师柔情交底：没有她的精心照料，我会短几年寿，少写几本书。最后时刻，伏尔泰弱弱说：德尼，照顾好你妈妈。

两次坐牢

1715年，路易十四驾崩。新王年幼，由奥尔良公爵摄政。伏尔泰刚满二十一岁，已是巴黎上流社会的明星。他机智幽默，才华横溢，妙语连珠，各大沙龙竞相邀请。对这位新锐作家，奥尔良公爵赞赏有加，两人本可成为好友的。一次偶然，伏尔泰被拉到杜麦娜公爵夫人的城堡，那儿是反奥大本营。近时都在议论公爵的乱伦，其女密生一子，都说是他下的种。大伙一怂恿，伏尔泰头一热，七步作一首骂诗，众人连连叫好，那诗迅速传吟出去。

摄政王嘴唇变乌，怒发冲冠，手一扬，判那毛头小子流放图勒。伏父利用关系，上下周旋，后改判苏里，那儿环境更好。伏尔泰住苏里公爵的城堡，吟诗看戏，朝歌夜舞。至冬日，父亲再活动，公爵开恩，取消了流放。自由后，伏尔泰名声大噪，频繁出入各大宫殿。受环境影响，故技重演。还交了一个叫波热卡尔的朋友，便悄悄告诉他：最近流行的几首骂公爵的诗都出自我手。没想到波热卡尔却是警署的耳目。1717年5月16日，伏尔泰被丢进巴士底监狱，关了十一个月。在狱中，他写出悲剧《俄狄浦斯王》。出狱半年，此剧上演，大获成功，观众高呼：法国又出了一个拉辛。

　　第二部剧反响平平，随后的《亨利亚德》却轰动巴黎。这是一部宏伟史诗，有4300行，高调颂扬亨利四世。一个月不到，卖出4000册。作者在世时，一共再版了60次，是启蒙时代最好的法国诗作。到十九世纪，却被浪漫主义文学淹没了。《俄狄浦斯王》一演再演，至1726年1月，却导致一场凌辱。霍昂家族的吉奥骑士傲慢无礼，戏刚完，便高声责问：伏尔泰先生，阿鲁埃先生[①]，说清楚，你到底叫什么？伏尔泰应答：我叫伏尔泰，我的名字刚刚开始，而你的名字将走向末日。骑士被呛得翻白眼，他家族显赫，自然不甘休。

　　几天后，伏尔泰在苏里公爵家吃饭，被熟人叫走，刚上大街，就被吉奥骑士的家丁们用木棍痛打一顿，当众受辱。大作家要讨个说法，却没有一个贵族朋友支持，公爵不愿陪他去警局报案。都知道霍昂家族一手遮天，打个作家像踩蚂蚁，评理只会招来更多麻烦。伏尔泰不愿退却，决定拿起武器捍卫尊严，去弄枪，又被抓住把柄，一纸厉令，再度把他丢进巴士底监狱。这次只关了半个月，却附一个条件：出狱后，必须离开法国。这事重创大作家，坚定了他铲除社会不公的斗志。

　　从六十岁至七十岁，伏尔泰住在法瑞边界的一座小城，热切关注法国社会动态，常打抱不平，帮助推翻了卡拉斯[②]、西尔闻、拉巴尔[③]三桩冤案。此刻说说西尔闻。1768年3月，不具任何证据，法庭判处新教信徒西尔闻与妻子绞刑，罪名是杀害了想改信天主教的女儿。当事人找上门，伏尔泰热情应承，全身心投

---

① 伏尔泰的本名是弗朗索瓦-马利·阿鲁埃（François-Marie Arouet），伏尔泰是他的笔名。
② 胡格诺派商人让·卡拉斯被人诬告为杀害自己长子的凶手，被法官错判，后受车裂之刑而死。
③ 19岁的骑士拉巴尔被人诬告亵渎和毁坏圣物，后被斩首并施以火刑。

入。综合信息确认，西尔闻的女儿早已疯癫，几度跳河被救起，最后漂腐湖面。某邻居说，失踪头一天，疯女反复叫，我要改信天主教。仅凭这句话，法官便判了西尔闻夫妇极刑。典型的宗教狂热。伏尔泰怒如当初受辱，四处写信，上下发文，动用各类关系迫使重审，法院最后无罪释放了西尔闻夫妇。这也是伏尔泰第二次坐牢的反向社会结晶。为人类的文明，他做了一份实在贡献，也为法国知识分子影响社会树立了第一个榜样。

孟德斯鸠为卡拉斯一家发声

最后三个月

路易十五已升天，禁令尚在，新国王却暗示，伏尔泰若回来排戏，当局会睁一只眼闭一只眼。大师犹豫许久，抗不过归心，暌别二十九年，终于回到巴黎，时间落在1778年2月10日。伏尔泰已八十四岁，住在维莱特侯爵提供的宽绰套间里，德尼夫人鞍前马后，精心照顾情人舅舅。还请了两个用人。翌日起来，伏尔泰惊奇发现，宅楼四周围了上百人，都是慕名而来的市民。休整两日，他开始接待好友，一拨又一拨，哲学家居多。3月30日，伏尔泰坐马车去法兰西学术院，沿路都是欢呼的人群。大师一路招手，不停致谢。人多时，还要停顿一会儿。

抵达学院广场，全体院士在前厅迎候，这场面，空前绝后。伏尔泰坐在首席参加会议。会后出门，发现广场聚了几百人，都等着看他一眼。马车开动，人群紧跟在后。为了看真切，有人甚至爬上马车。伏尔泰微微笑，主动握手。到法兰西大剧院，热情加倍高涨。那天演《伊蕾娜》，是伏尔泰写的最后一部剧。观众冲作者而来，演出被打断六七次，伏尔泰从包厢里站起身挥手，场内才安静下来。

演出刚结束，观众代表便来到包厢，给大师戴上花冠。出剧院时天已黑，伏尔泰又被围住。许多人高喊：火把，火把，靠近一点，再近一点。末了齐声高呼：卡拉斯的保护者万岁！万万岁！大师感慨：没想到为民众做点事，分量这么重。回到家中，伏尔泰已疲倦，喝点汤，吃几块奶酪，早早躺下。八十又四，岁月不饶人。大师早已染疾，最后三个多月是他一生中最光彩夺目又痛苦不堪的时段。本想回凡尔纳，又决定留居巴黎。德尼夫人立刻去看房，他们经济雄厚，想买一栋带院的房子。

　　伏尔泰着手布设后事，与莫里哀一样，他想葬于教区墓地。因著书立说多次遭教禁，按教规，他必须公开忏悔。3月2日，伏尔泰请来高缇耶神甫，交出忏悔信，十天后见了报。大意如下：死时我热爱上帝，爱我的朋友，不恨我的敌人，但我憎恶迷信。到了5月上旬，疼痛加剧，服了鸦片昏昏睡，醒来常癫狂。镇定时反复说，我要向上帝忏悔。巴黎主教却认为，仅忏悔太肤浅，当事人应该发表一封态度鲜明的改过书。伏尔泰断然拒绝。当局怕引起骚乱，主动与大师的亲友沟通，最后拿出一个方案：等伏尔泰一断气就将其装上车，像病人一样，运往凡尔纳小城，那儿的教规更宽松，葬礼已说妥。

　　1778年5月31日，伏尔泰与世长辞。他最后四天很安详，用德尼夫人的话说，像燃尽的蜡烛。根据死者的遗愿，解剖了遗体，用埃及香料做了防腐。解剖师保留了大脑，将心脏交与维莱特侯爵。伏尔泰的侄儿米尼翁神甫也赶来，否定凡尔纳方案，决定安葬在他管辖的塞耶尔修道院。他给遗体穿好衣，捆在马车上，另有一用人陪伴。翌日下午，到达塞耶尔，顺利将伏尔泰葬于修道院的地下墓室。第二天，院长接到巴黎主教的手令：设法延迟葬礼。但木已成舟，大主教只能苦苦摇头。

　　说来也戚戚，一向与宗教作对的伏尔泰最后投入宗教的怀抱。可见教堂之重，钟声之响。细究并不矛盾，伏尔泰从不否定上帝，只揭批被人操纵的宗教，反对迷信与狂热。法国大革命期间，伏尔泰的遗骨迁入先贤祠，那是法国伟人的安葬地。最先入住的却是米拉波，后来在王室密柜发现他的通敌信，革命斗士就把他拖走了。如今，先贤祠的第一位居主成了伏尔泰。他的石棺上刻了几排字：他为卡拉斯、西尔闻、拉巴尔讨回了公道，还有蒙巴伊。作为诗人、哲学家、历史学家，他使人类精神向前跃进了一大步，为了我们，他用一生布设宽容与自由的环境。

感谢伏尔泰

在武汉天河国际机场值机，法航输入我的护照号，"啪啦"敲一阵，主动给我升了商务舱。我柔声探问：为何有这等优惠？职员说：您在我们的特惠名单里，只要有空位，都会给您升舱。我连声道谢，想了一会儿，脑中闪出一景。去年8月底，我从巴黎回武汉，坐法航经济舱，位处中段第一排，比较显眼。连续几小时，我旁若无人地读《伏尔泰传》。班头模样的人发现后，热情走来，和我谈起法国文学。无巧不成书，他喜爱的米肖①是我三十年前攻读博士时的选题。

"班头"离去又返回，送来一杯浓咖啡，小小一杯，却是地道法兰西风味，我浅浅喝一口，咖啡里润出巴黎，漂现巴尔扎克。他打开小平板，记下我的姓名和护照号，分手时和蔼通告：这次公务舱已满，以后再坐这个航班，只要有空位，我们都会改善您的读书环境。过了一刻钟，机长走来，搭几句，谈起伏尔泰。他是伏迷，《老实人》读了三遍，可以大段背出其中的名句。我们聊得更专业，双双觉得相见恨晚。

从机长那儿我得知，刚才那一位不是"班头"，而是巡视

---

① 亨利·米肖（1899—1984），法国诗人、画家，其诗歌常呈现个体潜意识与神话原型。

官，手中权力很大。我倍感温暖。那个许诺，却没放在心上。话别后，我继续读伏尔泰。滑一指，翻过一整年，今天真的受惠了。一瞬之间，我掂出守信的分量，由衷感谢文明斗士伏尔泰，感激我教了三十七年的法国文学。此次去巴黎，我又带了法文版的《卢梭传》。抵达后，准备再买几部当代小说。我已订购《语言的第七功能：谁杀了罗兰·巴特》。近几年，我在读《巴特文集》，收获巨大。游走在长江与塞纳河之间，文学这碗饭，我争取吃出更多的色香味。

卢梭弃婴

刚而立，卢梭（Théodore Rousseau）便来到巴黎，在宾馆里，认识了年轻的洗衣女工黛莱丝，得到他所缺的爱，两人迅速同居。从1747年到1752年，两人连续生了五个孩子，全都被送进了育婴堂，随后不闻不问。敷衍找过一回，不了了之。在法国作家中，独一无二。关于卢梭弃婴有几种说法：第一，是岳母的主张；第二，顾全黛莱丝的名声，他们十几年后才结婚；第三，收入不稳定，养不活。在《忏悔录》中，作者自我美化，说把孩子托付公共教育更符合柏拉图的共和国理想。

随后又说："一想到要把孩子交给这样一个乱糟糟的家庭去抚养，我就感到害怕。如果把孩子交给他们，会越教越坏。育婴堂的教育，比岳母对孩子的危害小得多。这便是我决定把孩子送进育婴堂的真正原因。"某评论家笑曰：有文字记载以来，话都是人说的。我愤怒的点在于：你没钱养，或顾名声，或避岳母，都成立，生一个就完了呗，为什么还要生第二个、第三个、第四个、第五个，而且一年一胎？好友埃比奈夫人曾提议收养他的头胎，被断然拒绝。

十年后，卢梭却出了一本书，叫《爱弥儿》，大谈如何教育儿童，具体到三岁看图、五岁识字、七岁看日出，等等。伏尔泰愤然发问：把自己的五个仔全丢进育婴堂，你有什么资格谈儿童教育？一连丢五个，你畜生不如。卢梭很被动，加倍遭骂，很长一段时间，像丧家犬，四处流窜，八方逃避。因为教会禁他，政府抓他，民众往他家投石头，曾经的好友纷纷撰文讨伐他。

　　也遇到了几个贵人，如卢森堡公爵、狄康德亲王，他们或提供住地，或给资助，或帮助出书。否则，《忏悔录》和《遐想》都会泡汤。送走的五个孩子皆无踪影，时至今日，没人知道其姓其名，更不晓他们日后做什么。很可能，往卢梭家投石头的人里就有他家的老大或老三。

卢梭像

朋友都走了

　　或许是因为过早失去母亲，阴阳难以平衡，成人后，卢梭与男士交往总虎头蛇尾，步履维艰，恒持好友更是难上加难。1743年7月，他赴威尼斯给大使当秘书，因意大利语娴熟，热情高，很快变得不可或缺。这小子便自我膨胀，目无尊长，不时盛气凌人。一年不到，被赶回法国。卢梭仰起脖子，大嚷社会不公。1742年末，认识狄德罗，两人相互欣赏，立马笃交，情深谊厚。好友入狱，卢梭去探望，设法营救。狄德罗也很关照他，编百科全书时将音乐词条都交给他，稿费从优，改善了他拮据的生活。就音乐而言，卢梭自学成才，开初乐谱都不懂，却敢给人上乐理课。后来发明了一套记谱法，交上去，没被采纳。

　　针对社会中的个人价值，两人发生分歧。狄德罗没能理解卢梭的孤独，在《私生子》中写道："好人在社会中，只有坏人才孤寞。"卢梭觉得受了攻击，心生芥蒂。再争论，分歧加大。压垮骆驼的最后一根稻草，却是一桩隐私。卢梭一度与埃比奈夫人热交，隐情很快传开，他认定是狄德罗透的风，两人大吵一架，断然决裂，近二十年的友谊付诸西流。又后悔不迭，在《山中信》中，卢梭写道："我曾有个严肃正直的师友，现在失去了，后悔莫及，对于我的精神和写作，这都是一大欠缺，尤其是心缺。"狄德罗回应："被骗的情人为什么还眷恋对他不忠的人？看看一个文人如何依恋另一个才华卓异的文人便知道了。"

卢梭最大的对头，是伏尔泰。两人三观迥异。前者重感性，有车船而不用，力主返璞归真；后者信赖科学，反对宗教狂热，崇理性，向往文明。开初两人却和和气气，彬彬有礼。卢梭更欣赏伏尔泰，《论人类不平等的起源》出版后，殷切寄去一本。伏尔泰读过，回了一封信："先生，您反人类的大作，我收到了，感谢。还没有谁花这么大的心力使我们变蠢，或叫我们变兽。您的书会让人生出用四肢爬行的欲望。只可惜，这个功夫，我已失去六十年，无法再度拾起。此刻我身体有恙，请了欧洲最好的医生，若隐居深山老林，估计性命早没了。"卢梭的回复比较温和，两封信都发表在《墨丘利》上，引发了一场关于"文明与野蛮"的讨论。也是虚与实的交锋。我觉得，卢梭对"朴"的理解更有深度，论文学成就，他是十八世纪的第一人，对世界文学产生了更大的影响。

卢梭会拉丁文，我常常怀疑他读过老子而深藏不报。1721年，拉丁语版的《道德经》已在法国出版，译者是魏方济神甫（François Noël）。两千多年前，老子就说出了卢梭想说的话，一旦挑明来源，会大大弱化他的独特性。这只是我的猜测，还没找到证据。说起在日内瓦建剧院的事，两位大咖又各执一词。卢梭认为，戏剧助长奢华，增添不平等，破损自由，弱去公民意识，有伤风化。伏尔泰几近谩骂地评定："这叫胡说八道，伤天害理。"他不屑再回话，只对达朗贝尔[①]说："卢梭声

---

① 达朗贝尔（1717—1783），法国数学家、物理学家、启蒙思想家与哲学家，代表作有《哲学原理》《力学原理》等。

称剧院不适合日内瓦，我呢，在那附近才建了一个。"此刻伏尔泰安居法瑞边界，在其城堡里，他辟出一个小剧院。十几年后，日内瓦取消了戏禁。

　　真正撕破脸是在1760年7月17日，卢梭给伏尔泰写了一封公开信，相当于宣战书。信中说："先生，我不再爱您，您给我造成了极大的伤害，给我，您的弟子和粉丝。是您，使我在自己的国家待不下去；是您，让我在国外生不如死。一句话，我恨您。"这一回，伏尔泰也怒了，愤愤对朋友说："简直是个疯子，既荒唐，又伤人。居然说我迫害他，我认为，最恶劣的骂人词汇，就是迫害。"于是大力反击。《爱弥儿》出版后，伏尔泰匿名发表一篇文章，揭露卢梭一连生了五个孩子，又把

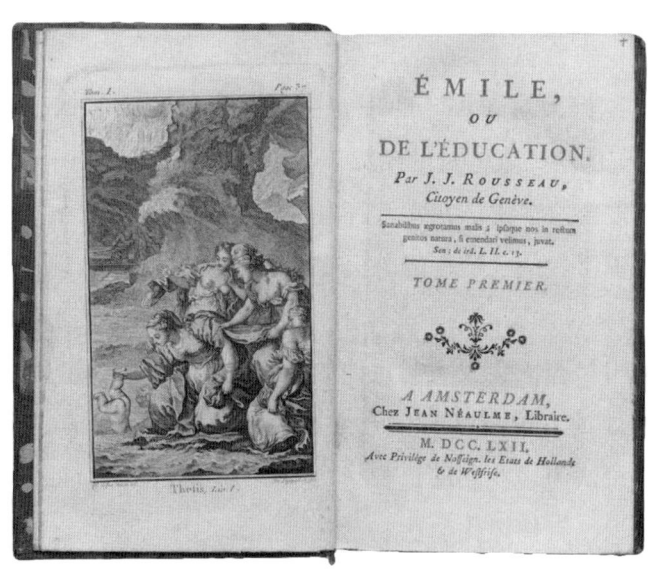

《爱弥儿》书影

他们全部丢到育婴堂。他高声喧嚷，这等没心没肝没肺的小丑还在那儿大言不惭地说儿童教育，世间还有公理吗？随后一路穷追猛打，末尾说：我不把他当疯子，我认为他越是骄傲就越是不幸，是世上最大的可怜虫。狄德罗和达朗贝尔又来帮腔，责骂声四起，卢梭继续流窜。

关键时刻，英国哲学家休谟伸出援手，他在使馆做参赞，出钱出力，邀请卢梭到英国来避一避。卢梭抵达伦敦不久后，妻子也赶来了，两人英语都不好，经常碰壁。此刻在巴黎的沙龙里，流传着一封普鲁士国王写给卢梭的信，以同情为名，变着花样挖苦他。作者乃霍拉斯。卢梭却认定是达朗贝尔写的，继而推断，这一切都是休谟搞的阴谋。才住半年，两人彻底闹翻。至此，卢梭失去了他全部有分量的男性好友。休谟委屈说，吃住行都给他安排好了，他却到处叫嚷我陷害他，十足的疯子。后一句说对了。根据其言其行，当代精神专家诊定，卢梭患的是狂想症，也称偏执狂。病症如下：自我感觉伟大，稍有不顺，便认为是受他人迫害。卢梭还病得不轻。只不过，没病的作家又难以写出惊世之作。

孟德斯鸠与黄嘉略

　　1689年1月18日，孟德斯鸠（Montesquieu）生于波尔多的一个法官之家，哭几声，落地城堡，养尊处优。法国有个习俗，孩子出生后，要找个教父，家里给他找的却是一个乞丐，叫夏尔，等于无声告诉孩子，穷人是你兄弟。用心可谓良苦。我看到的，却是一缕中国智慧，这叫阴阳互转，以贱养贵，如同我们用狗蛋、二傻之类的名字称呼亲生骨肉。这么一扯，我突然发现孟德斯鸠与中国还真有缘分。以1713年为界，在所有法国作家中，他与中国的交往最实在。这一年的10月20日，由弗雷莱引荐，孟德斯鸠认识了黄嘉略，长谈三小时，他密密麻麻地记了九页。临走说：今天收获巨大，过几天，我再来拜访。黄嘉略两眼闪烁，抱拳高拱手。这黄嘉略便是定居法国的第一个中国人，1679年生于福建莆田，自小信奉天主教，二十三岁随法国传教士赴罗马，1706年落户巴黎。几年后，娶了一位法国女郎，育有一女。三十七岁时因肺结核病故于塞纳河边，妻子在之前就已先他而去，女儿也只活到了二十岁。

　　十年间，黄嘉略承担了几项重要任务：给国王路易十四当中文翻译，编写法汉词典，撰写《汉语语法》，整理皇家图书馆里的一千余册中国图书。顶头上司是皇家总管比尼昂，他也是学者，不定期给"小中国佬"发生活费。黄嘉略生于富实之家，读过四书五经，国学水准相当于大专水平，独自写书有难度，且用的是法语。受皇家委派，青年学者弗雷莱和傅尔蒙帮他编词典、写语法，两人也受他指导，顺便学习中文。到最后，老师消隐，学生二人成了欧洲著名的汉学家。临终前，黄嘉略整理好了皇家图书；词典凑了五百多页；《汉语语法》基本完成，某些篇章在外传阅，但没出版。海太阔路太远，无人自中国来，说是国王的翻译，十年间，他却一次都没上过场。却有一个好习惯——写日记，零零碎碎地为中法文化交流史的研究提供了宝贵的第一手资料。

随后的一个半月间，孟德斯鸠七登黄门，长谈五次，最后整理出二十七页的会谈记录，题为《我与黄先生谈关于中国的若干评述》，刊入《孟德斯鸠全集》（地理二）。这一段经历对孟德斯鸠的创作产生了重大影响。法国学者马松认为，黄嘉略不仅为《波斯人信札》提供了创作灵感，还是该书主人公的原型。请看第三十封信：

《波斯人信札》书影

初来巴黎，我被当作天外来客，所有人都想瞧上一眼。我一出门，他们都趴在窗上看我。我一到杜伊勒里宫，四周立刻围上一圈人。如此待遇也成了一个负担，我不认为自己如此稀奇。我不得不脱下波斯服，穿上西装。

此乃黄嘉略开初亮相巴黎的具体情景和切身感受。第一次见面，黄嘉略将之和盘托出，孟德斯鸠哈哈大笑，欣欣说：围观有趣，有趣。七年后，他给黄嘉略披上了波斯服，又加两撇小胡子。在《波斯人信札》的前言里，也有黄嘉略的身影，作者说：

书中写的那些波斯人，曾与我朝夕相处。他们认为我是另一个世界的人，因此对我毫不隐瞒。亚洲人更容易了解法国风俗，因为我们乐于敞开心扉。

我问过两位研究孟德斯鸠的专家，说法一致。孟德斯鸠没去过中东，没有结交波斯朋友。至于亚洲人，他只交往过黄嘉略，虽没住一起，也称得上朝夕相处，有问必答。最久的一次，孟德斯鸠在黄家待了七小时，晚餐他请客，去名店吃牛排。黄嘉略兴高采烈，在日记里宣赞：好久没吃这么鲜嫩的牛肉了。虽居要职，他的薪水并不高，且不固定，常常需索要，像乞讨的。对他来说，吃肉如过节，据说，还能治他的肺病。每享受一顿大鱼大肉，他总要认真记一笔。

《论法的精神》有三十一章，论及中国的，占了二十一章，共五十三节。专论中国的有十节，如子罪父坐、中国礼仪、中国政体的特征等，所占的比例比较大，其中一半的论据来自《我与黄先生谈关于中国的若干评述》。我略感欣慰，在举世闻名的大作里，默默无闻的黄嘉略终于留下了几道痕迹。

黄氏日记只找到一年的，薄薄一本，始于1713年10月19日，止于1714年10月5日。就熟人而言，黄嘉略常常只写弗雷莱、傅尔蒙和比尼昂。其余全是自述。孟德斯鸠每次来，他都记一笔，可见友情不一般。最后摘录两则相关日记：

1713年12月4日，拉布莱德先生①与我告别，他父亲过世了，他十分伤心。

1713年12月5日，拉布莱德先生今日动身去波尔多。我们约好，等他回来后继续聊。他要写一本大书，日后定会飞黄腾达。

第二则的最后一句表达了黄嘉略的真诚心愿，也很快就变成了事实。

———————

① 孟德斯鸠袭爵前的名字。

文理通吃

　　孟德斯鸠天资聪颖，后天勤奋，其富贵，靠的却是家族，还吃了几碗软饭。大学毕业后，他在波尔多议会当参议，时年二十五岁。1715年，娶了家境更富的让娜，得一份嫁妆，财大气粗。才过几个月，伯父去世，他袭了男爵，又获一笔遗产，富上加贵。还做了波尔多议会的议长，兼任法庭庭长，全赖世袭的福。

　　当然他也有过人之处。这才俊数学棒，能文能理。早年醉心于物理学和解剖学，发了三篇论文，分别是《回音的原因》《肾腺》《人体为何沉重》，引起巨大关注。又在波尔多科学院做了多次主题报告，主讲相对运动。到最后，当了法国科学院院士。与此同时，他光顾文学圈，频繁去伯爵夫人麦娜主办的文学沙龙，那儿是法国著名作家的汇聚地，他妙语连珠，常常唱主角。1721年，他化名马多出版小说《波斯人信札》。依托异国情调，辛辣抨击社会现实，透视人生，诙谐轻快，成为街谈巷议的热题。

　　作者高名远扬，财源广进，随即定居巴黎。1728年，不足四十岁的孟德斯鸠当选法兰西学术院院士，也称"不朽者"。这个头衔最金贵，活着的不朽者只有四十位，不增不减。你若想当，能做的只有等某个院士死去。该院创立于1636年，死活并举，现今共有765位不朽者，如雨果、拉马丁、莫里亚克等。其中也有一个华裔，叫程抱一，已九十多岁，已属高寿。孟德斯鸠是双科院士，绝无仅有。尔后他自己出钱，历时三年，游览奥、匈、意、德、荷等国，用心考察各国的地理、经济、制度和风俗民情，做了大量田野研究，还在英国住了一年半。回到波尔多，专心撰写《罗马盛衰原因论》。书出后，赞声一片，作者又成了著名史学家，还开启了法国的社会学。

再攻《论法的精神》，呕心沥血，十年一剑，轰动了全世界。两年间，再版了二十二次。俄国女皇叶卡捷琳娜二世说："那是我的床头书，为了帝国的统一，我借用了孟德斯鸠的理论，却没标出他的姓名。希望在另一个世界，他若看到我为两千万人的幸福如此努力，能原谅我的抄袭。"

最后说说这个文理全才的另一面。孟德斯鸠爱书爱墨爱世界，也爱声色，经常去青楼，却也"文明"，他同情穷弱，小费给得多。他一度缺钱，把庭长一职给卖了，又得一笔巨款。却留了一手，那买主之后该谁接任，由他说了算。如同其文字，这也叫独树一帜。

狄德罗与《百科全书》

　　那一天，风和日丽，路易十五与二三贵族在凡尔赛南宫进晚餐，自然少不了蓬巴杜尔夫人，那是国王的情妇。席间高谈狩猎，顺道滑向火药。某某说：这粉末，最好的比例是硝石、硫磺和煤炭均摊。瓦里埃公爵更正：据我所知，火药的最佳比例应该是硫磺和煤炭各占一股，硝石占五股。理维尔奈公爵打趣道：我们每天打山鹑取乐，有时候还杀人，或者在边界被杀，却不知用什么、被什么杀的。蓬巴杜尔夫人敲起边鼓：可惜啊，可惜！很多事，我们只知其然，不知其所以然。比如这口红，我每天涂抹，却不知它的成分。唉，唉！瓦里埃公爵接话：说来挺可惜的，我们花大价钱，买了一套《百科全书》，这款项可以买一百支手枪了，结果书全被陛下您没收了。拿那书来查一查，刚才的问题立刻就有答案。

　　国王轻轻一笑，放下刀叉，抹抹嘴，兜出没收书的前因后果：前不久，宫中贵妇的梳妆台上几乎都摆了一套《百科全书》，共21本。许多人对我说，最危害王国的，就是这套书。说了一遍又一遍。今天我要验证一下，看看虚实。晚餐接近尾声，国王命令仆人取书，去了三个，嘿咻嘿咻，每人抱来七卷，额头冒出薄汗。几个脑袋聚合，先查"火药"，瓦里埃公爵说对了。

狄德罗

再往下查，蓬巴杜尔夫人搞清了巴黎口红与西班牙口红的差异：西班牙多用藏红花，法国倚重胭脂虫，配以骨螺，与古希腊古罗马一脉相承。夫人柔声欢叫：真是一本好书！陛下，您没收的是所有益物的总商店，还将它独占了，整个王国就您知道得最多，就您最博学。大伙哈哈笑一阵，各查自己的词条，都找到了满意的答案。第二天，没收的书全被归还原主。

这21卷本，便是狄德罗（Denis Diderot）主编的《百科全书》，几年后，才出齐，副标题为《科学、艺术和工艺详解词典》。它普及知识，确立常识，更新思维，启蒙大众，促进了文明的发展，是狄德罗对人类所做的最大贡献。对这部大作，前人说了很多，各有高见。我去熟就生，攻其一点，在下文给出几串纲举目张的数字。

狄德罗的《百科全书》凡28卷，正编17卷，图解11卷，撰写历时15年（1751—1766）。用了21个春秋才出完，最后一卷于1772年面市。收录词条71818个，发行4255册。这是一个大数目。当时的书，首印一般在1500册，畅销书也才3000多册。算上正副主编，参编的作者有144人，都是各行各业的精英。伏尔泰、卢梭、孟德斯鸠全都参与，形成了百科全书派。他们目标统一：反对宗教狂热，驱除愚昧，促进人类进步。这套书的出版也具社会正能量：21年间，为《百科全书》工作过的工人有1000多名，增加了就业，改善了民生。

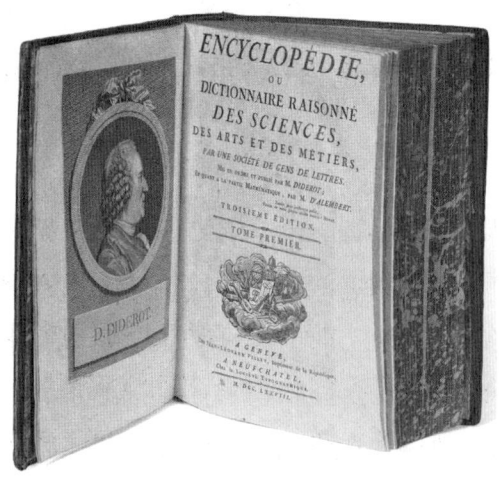

《百科全书》书影

开初规划出10卷，对开，包括两卷图册，标明了预算：预付60里弗尔，1751年6月收到第一册后再付36里弗尔，随后每册付24里弗尔，第八册连同两卷图册付40里弗尔，共计372里弗尔。最终成果却大大超出预算，因为从10卷跳到了28卷，对开精装本全套价格高达980里弗尔，八开简装本全套卖324里弗尔，通俗版每册25里弗尔。那时的一般工人，每月仅挣25里弗尔，相当于我国当下的3000元人民币。印刷师高高在上，每月工资才70里弗尔。前前后后，狄德罗为百科全书工作了30年，出版商布勒东付他的年薪为2600里弗尔，在当时属于高薪。除了整体策划和寻拉作者，狄德罗自己还写了5394个词条。各路来稿，他逐字逐句修改，最后统一风格。他隔三岔五下车间，上串下联，落实印书的各个环节。

还要感谢三个人。第一，达朗贝尔，他是数学家，任副主编，数理化由他把关，是科学领域的顶梁柱，自个儿写了1309个词条。第二，马勒泽布（Malesherbes），他是皇家审查总监，全力支持狄德罗，《百科全书》几度受阻，都是他解的围。由他管的，一路开绿灯。开篇说的蓬巴杜尔夫人，她也是《百科全书》的坚定支持者，一直在国王耳边吹枕边风，得天独厚，效果奇佳。在她和马勒泽布的斡旋之下，达朗贝尔当选法兰西学术院院士，一举提高了《百科全书》的含金量。最后一位是若古（Louis de Jaucourt），他知识渊博，精力充沛，颇具骑士风范，一个人写了17288个词条，占全书的四分之一，都是义务奉献。

还有一批无名英雄，在七万多的词条中，有37870条未署名或无法确认撰写人。《百科全书》是个体闪光，更是集体绚烂。

斯达尔夫人的地位

在十九世纪的法国女作家当中，斯达尔夫人（Madame de Staël）排名第二，老大当数乔治·桑（George Sand）。这老二却别胜一筹，她智商超高，学识渊博，眼光锐利，被视为十八、十九世纪法国最有影响的女思想家，犹如二十世纪的波伏瓦。她还独树一帜：其文学地位由三篇论文奠定，分别是《关于卢梭作品和性格的书信》（1788），《关于激情对个人与国家幸福的影响》（1796），《论受重视的文学与社会制度的关系》（1800）。

最令人感念的还是《论德意志》。在这部专著里，斯达尔夫人生动介绍了新兴的德国文学，引进普及了浪漫主义，给法国文坛注入一股新活力，被认为是法国浪漫主义的开山鼻祖。为写这本书，她在德国待了七个月，刻苦学德语，见过席勒、歌德等一流作家。

众所周知，浪漫主义有两个发源地，一个是德国，代表人物乃路德维希·蒂克和诺瓦利斯，外加哲学家费希特。他们提出了解放思想、破除戒律、放飞想象的革命性口号，为冲破古典主义的束缚开辟出一条新路。另一个是英国，以华兹华斯、柯勒律治和骚塞为代表。他们缅怀中世纪，厌恶工业文明，齐声颂扬乡村生活，讴歌大自然，描写神秘奇异的风光。浪漫主义在法国的前三四十年，卢梭寄情山水，主张回归自然，后来的夏多布里昂抒情自我，为浪漫主义入住法国浸润气氛，造就了环境。再由拉马丁承接，雨果光大，诞生于德英的浪漫主义最后在法国姹紫嫣红，令全世界瞩目。

论形象创作，斯达尔夫人写了两部长篇小说，其中《黛尔菲娜》影响最大。此作呈书信体，出版于1802年，情节比较简单。黛尔菲娜善良富裕，有情有调，守寡多年，总想给他人谋幸福。为远房表妹与雷翁斯的婚事，她鞍前马后，全力撮合，却心不由己，爱上雷翁斯。此情不容于时俗，在二力的撕扯中，黛尔菲娜最终自杀。

小说出版后，众说纷纭，反响强烈。著名记者富耶维，也是拿破仑的口舌，他全盘批驳，冷嘲热讽，不吝人身攻击：黛尔菲娜常常头脑发热，她是哲学家，信奉自然神论，话儿多多，自以为是，各类场合总是她先开口。在她眼里，说话最快乐。这类女人的确存在，可以倾情去写，但以为她能引起热切关注却是一个天大的错误。罗德雷认为：女主角有失体面，偏向下流。轻易被雷翁斯吸引就是一个污点，两人身

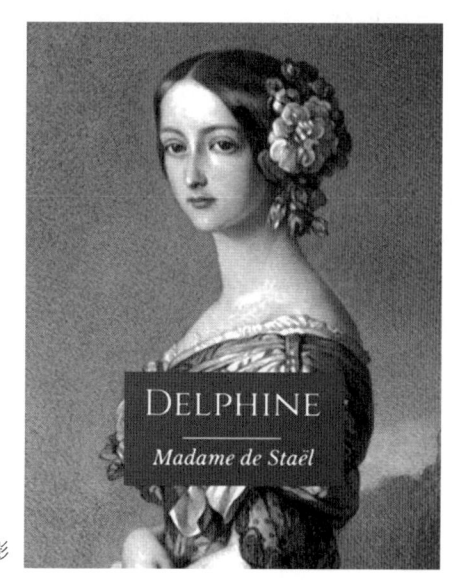

斯达尔夫人《黛尔菲娜》书影

体虽未接触，但通奸已然，它发生在想象的交合之中。如此运笔，女主角已失其职责，违背妇道，不齿于当下社会。

更多的记者和作家奋起为作者辩护，高唱赞歌。杉戈内在《哲学家旬刊》上指出：黛尔菲娜的性格无疑是同时代的小说所能提供的最美的典范之一，她所有的感情都纯洁如水，所有的爱都崇高，所有的行为都出自一个向善的炙热心灵。这一点永远冷却不了，也容不得一丝恶意的怀疑。一个在痛苦中煎熬的人，她所能熨帖的不幸为作品增添了不可抗拒的魅力，一如钱财俗欢会勾住平庸的心。

《黛尔菲娜》也引起了拿破仑的关注，从中，他读出了作者呼吁妇女自由、增加独立权利的声音。在他的法典里，妇女从属于丈夫，应遵三从四德。他还发现，围绕新教的地位、流放、政治宽容等敏感话题，作者也发出了许多杂音。在现实生活中，拿破仑早就怀疑斯达尔夫人在与他作对。她成立了一个文学沙龙，聚友除了作家之外，还有许多政客，比如塔列朗、拉法耶特、福舍。拿破仑多次嘀咕：他们窝在一起，除了密谋阴谋诡计，还会搞什么好名堂。

这猜测确有几分实理。由塔列朗安排，斯达尔夫人于1798年认识拿破仑。当时她很兴奋，以为找到了实现其政治理想的绝佳人物。第二年，拿破仑发动雾月政变，集大权于一身。斯达尔夫人极度失望，慢慢站到了他的对立面。读过《黛尔菲娜》，拿破仑毅然决定：赶走这个女危险分子。禁令规定详细：斯达尔夫人只能待在离巴黎四十公里以外的地方。虽然尊为大使夫人，又是贵族，斯达尔夫人也只能灰灰离去。这也是文学带给她的意外之苦。

浪　爱

　　论外表，斯达尔夫人不占太大优势，所幸却超强于内在。她很小就认字了，一路读书，定点背诵，长期浸润在母亲开的沙龙里。十二三岁便能饶有情趣地与名流交谈，言语常常令人耳目一新。到十四岁，遂同作家布封、格林一道，拉起自己的小圈子。又会说英语，精拉丁文，能琴善舞，朗诵胜过播音员，人称世纪才女。而且家境显赫，她父亲内克尔是著名银行家，在路易十六手下当过两次财政部部长，一度叱咤风云。

　　才女刚成年，家门口便排起一长条求婚的队伍，皆名流，比如费尔森、拿尔波讷、小威廉·皮特。费尔森乃瑞典驻法大使，帅过潘安，尔后被王后相中，当了男宠。拿尔波讷是将军，种源却是个谜，有人说他是菲利波公爵的私生子，或西班牙另一贵族的种；还有人说，他的生父是国王路易十五，因为他母亲曾是国王最宠的情人。论外貌，拿尔波讷酷似路易十五，国

《墓外回忆录》中的斯达尔夫人像

王也一直很关照他。菲利波公爵又是路易十五的女婿，十足的扑朔迷离。小威廉·皮特更是人物，后来做了英国首相。才女最后却选定瑞典的斯达尔男爵。两人于1786年结婚，妻子年二十，丈夫三十七，不久做了瑞典驻法大使。

人都说，这个丈夫是等来的。才女刚满十三岁，斯达尔男爵便上门求亲，尔后定期问候，年年拜望，百折不挠。内克尔一家信新教，第一要求便是女婿不能信天主教，而法国的青年贵族大多是天主教徒。没这条禁律，斯达尔男爵再耐心，估计也轮不到他。作为嫁妆，父母给了女儿2.5万里弗尔，相当于今天的375万元人民币。那时男爵没多少钱，巴黎人都说，瑞典穷小子沾了我们前财政大臣的光。

受宗教限制，这桩婚姻多少带点包办性质。睡上同一张床，斯达尔夫人才发现，她对丈夫没有激情，养不出爱恋。凑合几年，便去寻找自己的幸福，开始放荡。最先找的旁热，他出版了斯达尔夫人的两本书。此君从严要求，提出许多中肯意见。斯达尔夫人由衷钦佩，还想往下走，旁热却始终停在友谊的界内，末尾还娶了她表妹。斯达尔夫人又杀回马枪，与曾经追她的拿尔波讷勾搭，激情澎湃。明面上她与丈夫生了四个孩子，两儿两女。其实，只有大女儿是丈夫的亲骨肉，二三乃拿尔波讷下的种，小女儿出自作家龚斯当的精囊。1802年，丈夫病故，斯达尔夫人与龚斯当公开相处，双双去德意志享受国家级待遇。

转过身，龚斯当又去拈花惹草，疯狂爱上朱丽叶特。那是巴黎第一美女，与斯达尔夫人交情甚笃，龚斯当自然得不到回应。斯达尔夫人说，这家伙尽爱不可能的。她自己也有过情人，但守忠贞观。若同第四个在一起，便不再恋第三个。龚斯当正式求婚时，她断然拒绝。1811年，斯达尔夫人再婚，丈夫是中级军官，小她二十二岁。两人还算和谐，生了一个儿子。不知为什么，斯达尔夫人的孩子活得都不长。长女两岁夭折，大儿才活了三十七岁。小女儿嫁给布罗伊公爵，终年四十一岁，总算给斯达尔夫人留下一支血脉。最小的儿子止于二十六岁。波旁王朝复辟后，斯达尔夫人从瑞士返回巴黎，广受热捧，来访的都是名流和高官。1817年7月14日，斯达尔夫人在舞会上突然中风，瞬息倒地，死在女婿的怀里。她两眼微睁，呈暗蓝色，那是她寻找真爱未遂的遗憾。

忘恩负义

塔列朗（Charles Maurice de Talleyrand-Périgord）是法国政坛的一位奇才，他历经六种政体，伺候过八个国首。为了冥冥中的平衡，命运弄瘸了他的一条腿。挂着拐棍，却超有女人缘，找的情妇个个漂亮，还有爵位。对他帮助最大的，是斯达尔夫人。大革命伊始，身为主教的塔列朗提出教产归国有，风云一时。1792年底，他出访英国，革命者在宫里发现了他通敌的信件，怒气冲天。幸亏他在国外，不然的话，十有八九会被送上断头台。此刻，只能把他列入流放黑名单。

塔列朗又跑到美国，口袋钱不多，便去股票市场兜了几圈，跟进两个月，腰缠万贯。有一天，却挽着一黑肤美女的手在大街上散步，费城哗然。那时黑人的地位很低，没想到，一法国绅士居然大张旗鼓地炫女黑奴，仿佛穿着开裆裤到处跑。再入费城高档圈，朋友们冷却了七八分，甚至避而远之，塔列朗善于言谈的才华失去用武之地，于是特别想回国。他试写了几封信，得到的回复却平平。又给与他有过一腿的斯达尔夫人寄锦书。斯达尔夫人高度重视，立刻找到玛丽-约瑟夫·谢尼埃（Marie-Josephe Chénier），把塔列朗从黑名单上删除。

暌隔四五年，塔列朗终于回到法国，斯达尔夫人又帮他找工作，缠上督政府的主要负责人巴拉斯子爵①，一连跑了八趟。巴拉斯松了口，塔列朗当上外交部部长。打点时钱不够，斯达尔夫人借了他2.5万里弗尔，还以身安慰，可谓尽心尽力，尽财尽色。塔列朗一生做得最好的，就是外交部部长，人称"欧洲第一舌"。若非斯达尔夫人相助，十有七八，他的仕途没有这等风光。随后，两人间却响起逆杂之音。

十八世纪末，拿破仑吃独食，与斯达尔夫人关系破裂。斯达尔夫人迅速走向他的对立面，在沙龙里嘀咕几句，立马传遍首都，但凡写点什么，须臾都能"法国纸贵"。为了巩固统治，拿破仑只好把斯达尔夫人赶出巴黎。不承想，塔列朗见风使舵，突然不再见昔日的恩人，也不再联系。斯达尔夫人恨恨说：这个忘恩的家伙。不知那跛腿如何花言巧语，两人后来又恢复了通信。到末了，塔列朗与拿破仑闹翻后，两人更亲近，却短了先前的纯热。斯达尔夫人的心头一直飘着"忘恩负义"四个字。

① 巴拉斯子爵（1755—1829），法国大革命时期政治家，1795年至1799年任法国督政府的第一督政官（实权最高领导人）。

砸场子

当婉是南特大学的文学教授，也是诗人，原籍越南，长在法国，毕业于巴黎高等师范学院（相当于我们的北大）。她言语清晰，用词典雅，学问一流，出过三部专著、两本诗集，还是研究斯达尔夫人的知名专家。当婉来中南财大讲学，好评如潮，应同学要求，加了两场专题讲座，迎来众多武汉外校的硕士、博士。回国前三天，女教授提出一个小要求：我祖上漂自湖北，在汉口开过戏园，三景融通，我想看看武汉的歌舞厅，能化为现实吗？对本地娱乐场所，我两眼一抹黑，坦直答：我从没去过，先打听打听。思索几绪，猛然想起小头开过歌厅。我立马打电话，好友问明背景，推荐一家名店，叫"红旗飘"。我咨询安全系数，他回答说：铜墙铁壁，明码实价，给了钱，可以趾高气扬。

当天晚上，我们打的奔去，还邀了洛朗，另一个法国教授。他本行教经济，业余写小说，和我们是"一丘之貉"。洛朗蓝眼高鼻，满头鬈发，标洋立异，自带七分优护，还练过拳击，万一起事，或许能抵挡一阵。"红旗飘"开在蛇山脚下，临胭脂路，环境优美，气度不凡。大门口站了二十多个保安，配短棍，着迷彩，个个威猛。我悬着的心落下来。进了门，一切都很规范，按要求，我们存了外套。初春的武汉依旧寒冷，厅内却如火如荼，当中设舞池，四周布坐席。彩灯快闪，脚下震音乐，重音鼓一下下捶在心头上。当婉惊呼：没想到武汉的舞厅如此华丽，气氛不逊巴黎！我祖上开的戏园也一定不差。我们找了个三人座，点了饮品。来的都是年轻人，前面的三台烟雾环绕，几个女孩又喝又抽又跳，摇头晃脑，旁若无人。舞池里蹦的迪斯科，各自为政，把平时的压抑全荡了出来。那是力比多，也是人性。我们喝一阵，聊一会儿，一道去舞池跳一阵。回到坐席上，都有一点气喘。三分累，七分激奋。

突然间，大门口噼里啪啦响起来，我以为在放电子鞭炮，没在意。不一会儿，几个保安溜走，冲进三十几个后生，清一色黑衣，手持木棒，见电器就砸，最后奔向内台，把音响设备捣了个稀巴烂。还好，没有攻击顾客。洛朗问：这是什么节目？我已知不妙，小声说：黑帮在火拼，原因不明。两人顿时白了脸，随我一道溜向边角，躲在一张大桌之下。当婉蹲我身边，不停颤抖。洛朗比较镇定，半趴着，不时朝我笑一眼。我赶紧安慰女教授：别怕，黑帮砸场子，不伤顾客，更不会动外国人，这是道上的规矩。当婉受的是笛卡儿式教育，理路清晰，立马说：我入了法国籍，长得却像中国人啊。洛朗道：别担心，到时候，你挽着我，我就说你是我老婆。当婉挤出一笑，随后补一句：时空轮转见宿命，斯达尔夫人也是在舞场倒下的。话语太幽暗，我和洛朗只能做个鬼脸。

折腾三四分钟，黑衣人迅速离去，堂内静下来，三五小伙溜出，其余顾客躲在桌下窃窃私语。又过一阵，警笛响起，两个警察走进来，高声宣布：事端已平息，大家可以退场了。我们钻出方桌，长舒一口气。繁荣一瞬变萧条，大家都有点失落。服务员已归位，我们领回寄存物，又轻松一截。待了十来分钟，大致摸清了砸因。"红旗飘"的老板夺走了浑天乐首领的情况（情人），对方拉来五十杆炮（人），报了夺情之仇，估计还没完。

洛朗兴高采烈，欢声叫：生活比小说精彩，欲出大作，独特的经历很重要，今天是我来中国后遇上的最精彩的一幕。我已有灵感，回去后，先写一个短篇。当婉仿佛在构思什么，没接话。散场时人太多，一时拦不到的士。我建议先走一段，两人直点头。我们朝江边走去，风停了，黄鹤楼在头顶灿亮。当婉活跃起来，用法语吟诵：旗飘暴力，柔情如匪，我看见了人生的底片。我和洛朗交口称赞。不远处，大桥威武，一江春水向东流。

拿破仑的文学梦

　　拿破仑（Napoléon Bonaparte）已获少尉军衔，编入炮兵团。此刻在巴黎休假，落居舍布尔旅店三楼9号房。房间不大，布设简朴，只有一床一柜一桌一椅。地板上堆满书，大多是文学经典，作者有卢梭、伏尔泰、孟德斯鸠、拉辛、高乃依、恺撒、普鲁塔克、西塞罗等。

卢梭是拿破仑的最爱，他的作品，拿破仑全读过，代表作啃了两三遍。曾动情说："啊，卢梭，为何你才活六十多岁，为了人间真理，你该长生不老。"坐在小桌前，拿破仑拿起笔。这个下午，他写爱情："在瓦朗斯，我认识了卡罗琳娜，我们全部的幸福浓缩在夏日的一个清晨。那天我早早出兵营，看见她在地里劳作，我高高举起手，她挥手回应。我欢欣

《圣赫拿岛回忆录》中的拿破仑像

跑去，两人待一起，吃了十几个樱桃。"

随后却换了营地，拿破仑来到欧克松，又认识比耶小姐，结局颇悲催。为这段小恋情，他写了一段反爱宣言："过去，我曾坠入爱河。现在，我要抹去这个点。我认为它有害社会，有害人类，有害幸福。我认为，爱情弊大于利。如果某个保护神让我们从中解脱，由此解放所有人，那才叫功德无量。"此刻是1787年11月23日，拿破仑已满十八岁，他踌躇满志，开初痴情于写作，想当作家。天气日渐寒冷，转眼到晚八点。他放下笔，外出吃饭，依旧去斜对面的"三界碑"。父亲三年前去世，他不得不缩减用度。简单吃了晚餐，随兴去转转。目光却被一个年轻女子吸住。她衣着整洁，微微外露，表情腼腆，一人站在街边左顾右盼。

拿破仑踱过去，与站街女攀谈起来。一个月后，对话被写入其小说。我全文译出，尽可能地贴近原文：

"你一定很冷，怎能下来站街呢？"

"啊，先生，希望支撑着我，今晚的任务必须完成。"

"看上去，你的体质比较弱，我有点惊奇，做这一行，你不累吗？"

"当然累哦，先生，但总要做点什么。"

"没有更适合你身体的职业？"

"哪能那么容易，先生，都要生活。"

年轻女人柔声说她来自南特，男士往下问，口气有点鲁。

"小姐，很想知道你的第一次是怎样……"

"被一个军官拿去了。"

"你不气？"

"又气又恼，我向您保证，但人要活命，气有什么用。现在我妹妹已经安顿下来了，我为什么不能呢？"

接下来，女人说话更直接。

"走吧，去您那儿。"

"能做些什么？"

"相互取暖，尔后满足您的欲望。"

后文不说自明：在简陋的小房里，铺开肉体之欢。总被女人牵着走，男士略感厌腻。完事后，还有几许负疚感：贫穷遍地，我利用了别人。总而言之，世界与他的梦想不一样。

地球又转一圈，天空放晴，街景开朗。拿破仑吃完早餐再度涂抹。这一回，写他的故乡科西嘉，这是他走笔最多的主题："这座小岛，当今知道的太少。"此乃他后来发表的《科西嘉历史》的第一句。通过写作，拿破仑梳理了雄心，经常触摸死亡："在人群中，我总一个人，回来后独自梦想，倾情于自己浓烈的忧郁。今天，我的笔头又往哪个方向转？它转向了死亡。一大早，我还在希求长命百岁，哪一股怒气把我推到自毁的边缘？很可能，是在世上不知该做什么的困惑。既然迟早要死，何不现在结果了自己。"最后却与爱国勾连："英雄保利被迫远走，祖国不再，一个爱国者就该殉节。"

对拿破仑的文笔，夏多布里昂如此评论：他写的许多东西，我认真读过，在其小说里，我发现了自己的影子，那儿有他的雄心。他思绪悲怆，行文夸张，说不上优秀，却有摧枯拉朽之势。一年后，里昂文学院登出一道竞赛题：对于人类的幸福，真理与情感，哪一个更重要？拿破仑思索三天，写出一篇征文，欢欢寄去。学院给的评语却是：在平庸之下。对于拿破仑，这是一个沉重的打击，苦闷半个月，他弃笔归戎。命运顺一手，他坐上了法兰西的龙椅，光耀全世界。加冕后，他兴兴说："虽然没有赶上夏多布里昂，开初的读写却顺溜了我登高的脚步。"

用丝袜裹的一团屎

　　拿破仑之所以能独坐江山，塔列朗立下了汗马功劳，雾月政变主要由他和西哀士①策划实施。得胜后，塔列朗做了八年外交部部长，实为帝国的二号人物。在外交理念上，却与皇帝有分歧。他主张友善英国，联合奥地利，推行欧洲平衡。坚定认为，称霸世界将玩火自焚，给法国带来更大的灾难。头两年，拿破仑比较克制，谨言慎行，打了几个胜仗后，便自我膨胀，不断向外扩张。身为下臣，塔列朗只能违心执行，分歧拉大后，他辞去了外交大臣之职。

　　两人表面上还算安稳，却结了两大心怨。抓昂吉安公爵②之前，塔列朗高调鼓动，逮捕时积极出力。处决后，却发现前朝的贵族都站到对立面，各国宫廷责声一片，严重得不偿失，拿破仑只能暗暗叫苦。干涉西班牙也由塔列朗提出，形势变化后，他不再言语。拿破仑却将其记在心头，付诸实践。结果又失算了。再谈此事，塔列朗竟然高高在上，冷嘲热讽。拿破仑

---

① 西哀士（1748—1836），法国大革命时期的政治家、活动家，积极参与策划拿破仑的雾月政变，波旁王朝复辟后被放逐。
② 昂吉安公爵（1772—1804），波旁王朝的代表人物，曾参加孔代亲王领导的反革命军队，1804年被拿破仑逮捕并判死刑。

咬牙切齿，但还得用他，不时给些油水。1808年9月，拿破仑在德国埃尔福特与俄国沙皇举行会谈，意欲结盟，特邀塔列朗当助手。到达谈判地，塔列朗私下会沙皇，对他说："陛下，您来这里做什么？只有您才能拯救欧洲，为此您要顶住拿破仑。法国人民文明，但他们的君主不文明。俄罗斯人民不文明，但他们的君主文明，您应该与法国人民结盟。"话说到这个份上，会谈的结果可想而知。塔列朗自豪说："我拆散了法俄联盟，免去了欧洲的一场大动荡。"

到了年底，西班牙又遍地打游击，拿破仑只得率军继续干涉。许久无消息，四下传说皇帝已阵亡。塔列朗公然勾结警察总长富歇，上蹿下跳，力图让约瑟芬皇后摄政，由穆拉元帅扛鼎。得到情报后，拿破仑火速赶回巴黎。第三日召开内阁会议，临近尾声，拿破仑指着塔列朗的鼻子，破口大骂，持续半小时，最暴烈的几句直译如下："你是个盗贼，一个懦夫，无法无天！你不信上帝，一生都在失职、渎职，你欺骗、背叛了所有人，没有一丝神圣感，把自己的父亲都卖了。我让你发了那么多财，你却与我作对！"于是当场宣布撤掉塔列朗侍从长一职。同僚震惊，投来不同含义的目光。塔列朗愣坐椅上，以为要被捕，却无惧色，离座时冷冷回敬一句："各位先生，真可惜，一个如此伟大的人修养如此低。"

拿破仑并没有逮捕塔列朗，还保留了他的其他职位，给他留下10万法郎年薪。遇要事，依旧请他当参谋。于拿破仑，塔列朗"难以忍受，不可或缺，无法取代"。写到这儿，不得不佩服这位旷世奇才，有点像我国历经四朝十代君王的名相冯道。早在路易十六时期，三十四岁的塔列朗就当上了主教。大革命爆发后，任国民议会主席。督政府时期，他主持外交部；执政府时期，又当外交部部长；帝国阶段，再做外交大臣，兼侍从长，封大副选侯，一度被元老院推举为临时政府首领。盟军挺进巴黎，最先找的塔列朗，采纳了他的建议，请回路易十八。波旁王朝复辟后，除了外交大臣，他还当过总理大臣。他点头后，路易·菲利普一世①才来巴黎当国王。其间，他任驻英国大使，说话的分量重过外交部部长，影响力高于国王。

至八十岁，塔列朗告老回瓦朗塞堡，静心修改《回忆录》，经常接待作家，如缪塞、乔治·桑、巴尔扎克。先前与他交往最多的是梅里美。塔列朗自己也算一位二三流作家，他写的回忆录不比夏多布里昂的差到哪里去。梅里美说："塔列朗极度聪明，知识渊博，修养丰厚，才华横溢，幽默风趣，舌灿莲花，与他交谈，如同过节，作家们常能获取意外的灵感，离别后会再度期盼与他相聚。"

月满总有阴缺。塔列朗小时寄养在农夫家，一次从柜上摔下来，因为农夫没及时通告，拖了三个月，成了瘸腿，政敌因此骂他"魔鬼跛"。最大的毛病是贪财。当外交部部长才两年，他就受贿1200万法郎，约12亿元人民币。美国代表团为早日签订某份协议，一次性给了他200万法郎。拿破仑颇有修养，得知他在沙皇面前捣了鬼，怒不可遏，却没拿他的身体缺陷出气，只压低声调，一字一句说："塔列朗，听清了，你是用丝袜裹的一团屎。"此语常被司汤达、巴尔扎克、左拉等大家引用，也是法国文学史上最经典的一骂。

---

① 路易·菲利普一世（1773—1850），1830年七月革命后，被拥上王位。

夏多布里昂和他老婆

　　1792年1月2日是个喜庆日，夏多布里昂（Chateaubriand）与塞莱丝特结了婚，妻子年仅十七，小他八岁，貌美身材好。这桩婚姻是当军官的哥哥安排的，用心很世俗：女方丰裕，财力雄厚。此刻夏父已病故，家里虽有城堡，境况却萧条，经常需借钱度日。牵一门富户，可让弟弟体面生活。对于富娇之妻，夏多布里昂似乎没有太多感情，婚后半年，他独自离家，参加了保皇军。数月后，塞莱丝特以"流亡保皇党人之妻"的罪名被捕，关押近一年。丈夫从军也运气不佳，刚交战就受了伤，被送到泽西岛疗养，行伍生涯到此结束。自1793年，夏多布里昂流亡伦敦，住阁楼，与家人绝了音信。迫于生存，他给人上法语课，为书商做翻译，勉强糊口。一有空便刻苦读书，勤奋写作。1797年，他出版《论古今革命》，展现了非凡的写作才能。1800年，执政府大赦，夏多布里昂回到巴黎，妻子尚守在家乡，离他不太远。八年未见，他也没回一趟家，更没想到把老婆接来。他心里装着别人，此刻正与博蒙夫人如胶似漆。

　　勤奋两年，夏多布里昂发表《勒内》和《基督教真谛》，一举成名。在《勒内》中，作者稍加遮掩，大谈对姐姐塞西尔的爱，纯洁而浓烈。塞西尔与弟媳皆住贡堡，开初畅所欲言，

《墓外回忆录》中的夏多布里昂和贝里公爵夫人

后来都不谈她们心目中的伟男夏多布里昂。不久后，伟男踏上仕途，任驻罗马教廷大使的一等秘书。动身前，回贡堡接妻随行。塞莱丝特已知博蒙夫人，毅然回绝："我不愿意三人绞在一起。"声音不大，却力过千钧。丈夫赧赧一笑，柔声嘀咕：

"等我安排好了再来接你。"和许多作家一样，夏多布里昂也是花花肠子。流亡期间，他浓浓恋爱三次，受挫一回。与西班牙美女娜塔丽私情波澜起伏了五年。最后一场大爱，恋于1828年，至1829年终，对象是雷翁蒂娜，一位迷人的伯爵夫人。夏已六旬，美女二十六岁。伯爵夫人先写的信，热情似火，大作家及时回复。一年后，两人在温泉疗养院见面。有人说，他们俩是柏拉图之恋，有人说，已灵肉交合。在《墓外回忆录》中，作家称其为"我晚年的年轻朋友"。

任其花天情地，赛莱丝特对丈夫始终忠贞不渝，尽心尽力持好家。美中不足，两人一直没孩子。1804年，因昂吉安公爵事件，夏多布里昂与拿破仑决裂，公开唱对台戏，被赶出巴黎，落居离巴黎三十五公里之外的狼谷。在那儿，他借款买了一栋楼，花去2万法郎，几乎倾其所有。困迫之际，夫人来到身边，两人相濡以沫。在回忆录中，夏多布里昂经常写妻子，或柔情蜜语，或愁眉苦脸。五十岁过后，柔情多于苦脸。

波旁王朝复辟，夏多布里昂表现果敢，当上国务大臣，后多次任大使。这期间，赛莱丝特也亮出敏锐的政治洞察力，遇事有主见，温和适度，自然得体，成为丈夫的第一倾诉对象。她提的建议，十有八九被采纳。大使夫人，她做得光彩夺目。还办了一件垂名久远的善事，1819年，她建立一所疗养院，收留年迈神甫以及大革命后的孤寡女贵族。地点在巴黎六区，一直开到现在，而今重点服务于退休神职人员。因发表反调言论，夏多布里昂丢了官，又几浮几沉，荡到1830年彻底退出官场。

经济却每况愈下，大作家被迫卖掉狼谷庄园，搬到巴黎地狱街，又迁至贝克街110号，房子越住越小。从1830年起，全身心撰写《墓外回忆录》。此作动念于1804年，起笔于1811年，完稿于1842年，又修改润色五个春秋，前后用了三十六年，绝对是呕心沥血之作。夫人守在身旁精心照护，任劳任怨，荣辱不惊。后十八年，大作家全身心贴老婆，除了三次出国，他只去两个地方，茂林教堂和朱丽叶文学沙龙。沙龙那里聚集了一批优秀作家，夏多布里昂经常唱主角，中肯点评，真诚交心，影响益惠了一大批后进生。

时不时，有美女向他明送秋波，或隐语勾引，他吟几段诗，幽默几句，巧妙滑过。《墓外回忆录》写到精彩处，他去沙龙读几段，得批评意见，回去再改。这部传记，他本想在死后五十年出版。迫于生计，卖了版权。合同规定，作者去世即可出书，过于敏感处，乙方有权做部分删改。夏多布里昂痛心疾首："一般人难以体会，把自己的墓抵押出去是多么的痛苦。我的原意是把它留给夫人，由她决定存亡，最好毁掉。在我离世前，好想找个可靠的巨富，买回版权，别让他们刚刚听到我的丧钟就忙着去出版《墓外回忆录》。"到了1847年，巨富还没找到，赛莱丝特溘然长逝。大作家深情悼念："对夫人，我温柔怀念，永远感激。多亏她，我的生活更醇厚，高贵且光荣。"第二年，夏多布里昂也离开了人世。

是当官的料吗

　　戴高乐总统曾说："夏多布里昂应该能做一个伟大的部长，甚至总理，我这么说，不因其非凡的智力，而鉴于他对历史的深刻认识，鉴于他对民族强大的向往，很少有艺术家能拥有他那样的政治天赋。"戴高乐是我敬佩的人物，但对这段评语，我持相反看法，理由，我从容道来。1802年，夏多布里昂出版《基督教真谛》，名声大噪，由此进入执政府的眼帘。第二年，拿破仑派他陪费什主教赴罗马，做一等秘书。兴头上的作家有点不知天高地厚，居然要求教皇取消完善政教和解协议①，在法国恢复天主教的尊位。此举激怒了费什主教，半年不到，夏多布里昂被赶走。拿破仑又任命他做瓦莱大使代办，权力更大，待遇更好。得知昂吉安公爵被处决，他立马辞职，公开与拿破仑唱反调。

　　波旁王朝复辟，他兴高采烈，写了《论波拿巴和波旁王室》，广为流传。国王路易十八兴奋说："小小一本书，威力胜过十万军队。"立马任命他为驻瑞典大使，还未上任，拿破仑就从小岛溜回，史称"百日战争"。夏多布里昂陪路易十八

---

① 指1801年拿破仑与罗马教皇签订的《教务专约》。协议规定，恢复天主教在法国的合法地位与活动，但教会必须遵守国家法律。

《墓外回忆录》中夏多布里昂受晋封

逃到根特，护驾有功，被封为子爵，任国务大臣，一人之下万
人之上。又头脑发热，发表《论君主立宪政体》，宣扬民主，
歌颂自由，一瞬失宠，丢了乌纱帽。1822年东山再起，任驻伦
敦大使，代表法国出席维罗纳会议。尔后接任外交大臣，却与
内阁部长维莱尔合不来，才做一年半，被撤了职。在《墓外回

忆录》中，夏多布里昂愤然写道："我到底做了什么？在哪儿搞了阴谋诡计？凭什么说我野心太大？我一个人低调地在布洛尼森林散步也叫觊觎他维莱尔的位子？我只呈现上帝给我的模样，一无所求，别人却以为我什么都想要。今天才知道，不同流合污是我最大的过错。怎么，你啥都不搞，什么都不沾！滚蛋吧。我们容不下一个鄙视我们之所爱、以为有权谩骂我们生活平庸的家伙。"

维莱尔下台后，夏多布里昂任驻罗马大使。才干一年，伯尼亚克组阁，两人不合，他又辞职。对波旁王朝，他已失望，转入自由派，滑向反对阵营，元老院也不去了。1830年，路易·菲利普一世当国王，夏多布里昂拒绝宣誓，彻底结束政治生涯。除去孤傲和清廉，他更败于某种矛盾：他同时想做王权和自由的朋友，不合时宜地为其中一方辩护战斗，通常是，哪壶不开提哪壶。对这秉性，他自己做了生动总结："我是天然的共和派，理智上拥护王权。出于荣誉，我又从属于波旁王朝。保持不了正统君主制，我与民主更合拍。"最后结论：夏多布里昂不是当官的料，却幸了文学。后十八年，他深居简出，写出了扬名世界的《墓外回忆录》。从夏多布里昂到当下，法国的部长级干部有一千二百多个，民众记住的不到三人。一千二百年来，夏多布里昂之类的作家，法国才出了十来个，却个个家喻户晓。如实说，戴高乐最爱的，还是夏多布里昂的文字。

夏多布里昂牛肉

1822年，大作家夏多布里昂来伦敦任大使，带了一个厨师，叫蒙米莱侬，厨师手艺一流，常常想着创新。那日，他抱回两捆葡萄枝，在后院的烤台上生起火。牛柳已腌制三小时，他拿出两条，拉挂在烤架上，均匀转动。添火时，无意抓了几根翠绿葡萄枝，燃起后，散发一股清新味儿。大厨心头一亮，喃喃自语：就这么着，或许有惊喜。

于是按二比一的比例，投放葡萄枝，二枯一绿，烤出的牛柳黄中带绿。大厨切一块，尝一口，两眼熠熠闪光，惊叫道：我创造了一款美肴。又绞尽心思，配出两种调味，发现放了葡萄汁的更鲜美。用东方的烹饪术语来说，叫原水煮鱼添加七分味。吃过枝烤牛柳，夏多布里昂喋喋不休：今天的牛肉真好吃，真好吃，我走遍欧洲，这等美味，还是第一次尝，很像拉马丁的诗。从此，他每周要吃两三次枝烤牛柳。

一个月后，前外长塔列朗来英国小住，夏多布里昂请吃枝烤牛柳。塔列朗惊叫起来：这道菜叫什么名？蒙米莱侬看看面带笑容的主人，沉稳说道：夏多布里昂牛肉。主人点点头，仿佛签字盖了章。第二次来，塔列朗带了家厨，蒙米莱侬说出具体做法，只留了一手：二比一的枯绿枝。半年后，夏多布里昂牛肉传扬开来，成了法餐的经典菜肴。塔列朗却说，不太一样，还差点什么。

一转眼，蒙米莱依两鬓全白，回家养老，常对儿孙说：千行万业吃为大，某一天，我要为人类做一点贡献。八十大寿那日，他举办家宴，特意招来三个徒弟。喝过一杯香槟，老寿星公开了"二枯一绿"的核心机密。徒儿欢欣举杯，巴黎的夏多布里昂牛肉又上一层楼。尔后却八仙过海，有的用蒿草，有的用海带，有的用橘皮，却始终坚守"二枯一绿"的基本原则，以不变应万变，如同我们安居于飞快转动的地球。

拉马丁代总统

拉马丁（Alphonse Marie Louis de Lamartine）做了法国临时政府的负责人（虽然只有三个月），相当于代总统，第二共和国由他宣布成立。在历代法国作家中，他的官位最高。一个世纪后，毕业于巴黎高师的蓬皮杜总统在中学教过九年文学，编了一部经典诗集，堪称学者，但还算不上严格意义的作家。拉马丁生于1790年，给国王路易十八当过五个月的贴身卫士。二十六岁那年，他去布尔热湖边疗养，遇见有夫美女

拉马丁

朱丽，销魂十来天，难舍难分。四年后出版《沉思集》，轰动欧洲。那诗写得真诚、轻灵、飘逸，开启了法国的浪漫主义，催生了雨果、乔治·桑等大师，是一部划时代的巨作。其中的《湖》高堂必吟，孺妇能诵，乃法国诗坛五绝之一，为作者从政奠定了比较厚实的基础。

在驻意大利使馆，拉马丁几度当一秘。干几年，回家住两载，又写诗。1829年当选法兰西学术院院士。诗人真正从政，

应该从1833年算起。这一年，他当上议员，一直到1851年。立场从右偏左，一步步踱向自由派。他与雨果合力，一度成为民众的代言人。1848年，七月王朝倒台，拉马丁进入五人临时政府，担当主脑，还做了三个月的外交部部长。立国体之前，有人主张采用纯红国旗，拿出样品在市政厅前摇来晃去。拉马丁看过，坚决反对，理由如下：纯红太血腥，象征暴力，违背人性，上帝不容。最后选定红白蓝色。

第二共和国规定：总统由十八岁以上男性全民选举，候选人年龄须在三十六岁以上。拉马丁也报了名，但得票率只有0.26%，拿破仑三世获票80%以上。诗人喃喃自语：我不是当官的料！从此退出政坛，回米里庄园弄笔。他为人慷慨，又喜宽敞，住所大了，费用自然高。拉马丁只得放下神圣的诗歌，写一些能卖钱的读物，比如《家常文学课》《土耳其史》《俄罗斯史》。像样的诗，他后二十年只写了一集，题为《葡萄园与家》。如此吭哧吭哧，也未能脱困。为了还债，被迫卖掉米里庄园。最后八年，拉马丁只得接受他曾反对的国家救济，在巴黎租一套偏小的房，后故于1869年。西去之前，他瘫痪了两年，晚景比较凄凉。地球公转150圈，时光摆出另一道谱。而今，好多法国人都忘了路易十八、查理十世，说到《湖》，却个个眼闪金光，眉飞色舞。来到布尔热湖边，游人一定会叫嚷：快看啦，这就是拉马丁与朱丽约会的一角。很多人不知道他当过临时总统。

写过，爱过，活过

十八世纪的最后一年，司汤达（Stendhal）从格勒诺布尔来到巴黎，年仅十六岁。表面理由是备考巴黎综合理工大学（相当于我们的清华），实际上，他已厌倦教材，心下另藏两个打算：写喜剧，吸引女人。却有一个致命缺陷：他过度腼腆，遇到动心的人，语无伦次，手足无措，越爱越失态。逢场作戏，又是高手。开初的日子，他沉湎于遐想："十米开外，一个美女摔倒在地，我赶过去，扶起她，于是我们相爱。关键是，她看得见我的心灵。"这个白日梦，他每天要做两三次，尤其在黄昏。尔后涉入实践，或凝视，或自省，或尾随，或写信，或失眠，也闹得风生水起，有声有色。在《亨利·布吕拉传》里，司汤达以缩写的形式，开了一个爱情清单，列出十二人，都是他刻骨铭心的爱，其中五个狂情未果，有去无回。首先说维尔

司汤达

吉妮，一位巡游演员，天香绝色。司汤达彼时才十五岁，已疯迷，在美女面前，他又唱又跳，弹弄几种乐器。美女暗自揶揄：牙没长齐，还要折腾，吃几年面包再来吧。

阿黛尔是其远房表妹，人美家境富。司汤达一路猛追，搂搂抱抱接了吻，表妹还送了他一指头发，却不愿往下走。墙内开花墙外香，到最后，司汤达与阿黛尔的母亲上了床。表兄皮埃尔对他恩重如山，他之所以能在部队站稳脚当了官，最后做稽查，全都得力于表兄的关照。这小子却爱上了恩兄之妻，一有机会便大献殷勤。表嫂朝他笑一笑，他就得辗转反侧，琢磨好几天。斗争几个月，他借一次单独散步的机会斗胆表白。表嫂愣了片刻，婉言拒绝，温和说：我们之间只有友谊，更是亲戚，天太热，我不能给皮埃尔戴绿帽子。司汤达痛苦不堪，却也是一大解脱。

追得最苦的，当数玛蒂尔德，此女是名门之后，五官精美，婀娜多姿。见第一眼，司汤达就被迷得神魂颠倒。相识五个月，司汤达鼓起勇气诉了衷肠。美女冷冷回绝，令他马上离开。司汤达不舍不弃，写了一封又一封信，历时两年。1819年春，他得知玛蒂尔德的行踪，便乔装尾随，却被发现，美人就此与他决裂。基于这一揪心败绩，十年后，司汤达"反攻倒算"，写于连时，重点加一句话："对女人，他具有致命的吸引力，见一面，倾倒一大片。"

此乃文学的疗愈功能。我小时候饿过肚，几近创伤，写《一凡教授》时，居然设了九个吃场，书出后才发现。好在次次不同，各有侧重，以吃透现了某种文化基因。为了自疗，司汤达还写了一部专著，叫《论爱情》，在论析之中厘清心绪，借机解脱。还抛出了著名的"结晶说"："将一根冬日脱叶的树枝插进盐矿冰凉的底层，两三个月后再把它抽出来，上面布满了结晶，有如细小钻石，熠熠闪烁，光彩夺目，原来的枝子已认不出来了。"简而言之，人在爱中升华，得不到的更绚丽。

落实的爱也不少，第一任正式情人是梅拉妮，一个演员，两人爱得浓烈。得到手，又觉她愚蠢专横。相处一年多，既厌又腻，遂分手。在大爱之间，司汤达没有闲着，见机凑合一两个，如英国的少女、里尔的寡妇。认识安日娜后，司汤达又昏天黑地，一瞬丢了自己。美女却是上司的情人，他只能默默用情。八年后再次见，他袒露了心声。美女很感动，让他亲了亲。再往下，仍旧报爱无门。司汤达异常痛苦，决定远走高飞。动身的前一天，美女又找上门，主动献身。随后又忽冷忽热，若即若离。为了她，作家丢了几次魂。

1830年，《红与黑》出版，司汤达名气更大，但还不算名人。一位意大利美女找上门来，她叫久莉亚，见面便开诚布公：很久以来，我知道你很丑，又老，但我爱你。这一回，司汤达动了真，上门求婚，却被美女的父母拒绝，说辞是政治倾向不合，潜台词是：你经济状态不稳，女儿的未来没有保证。的确如此，父亲去世后，司汤达钱源枯竭。靠工资，时日淡平，开销一大，现出窘态。他的书也不挣钱，《论爱情》才卖了40册，《红与黑》仅售700多册。作家却信心十足：五十年后，我会成名，1930年的读者将理解我。这话真让他说中了，实景大大超出他的预料。千禧年全世界评选十大文学名著，《红与黑》排名第七。如今几乎所有法国人都认识于连。

求婚不成，两人继续交往，如胶似漆，延续三年，直到久莉亚被迫嫁人。婚后又见了四五面，此美是司汤达一生中钟情最久的情人。其他的爱都为时不长，尽管有的轰轰烈烈，或别具一格。贵族之女克莱芒蒂娜把司汤达藏在地窖里，宠了三个日夜。每天给他送饭，倒尿罐。造了爱，大谈小说创作。阿尔贝特乃大画家德拉克洛瓦的表妹，颜值高，大方随意，给司汤达做了两个月情妇。度个假回来，她投到好友的怀里去了。还有二三贵妇，各烁其光。作家总结道："爱情之于我始终至关重要，甚至是我唯一的大事。可是，这些女人大多数没有给我以爱的荣幸，佳丽过往的脚步却充实了我的生命，她们或走或留，催发了我的作品。"早在1821年，司汤达便用意大利语为自己写下墓志铭：写过，爱过，活过。（Scrisse, Amo, Visse.）那个"爱"耸立正中间，撑起了天宇。

1851年法文版《红与黑》书影

巴尔扎克斗不过古龙

到了巴尔扎克（Honoré de Balzac）手里，传统小说登峰造了极，一如唐代的古体诗。除了人物和情节，巴氏还擅长景物描写，常常写得很细。状高老头之屋，作者把墙上的裂缝都写出来了，一条接一条。后人击节评论，巴尔扎克探微入妙，生动再现了十九世纪上半叶的巴黎风貌。此言不假。那时还没相机，景物要靠笔头记载，以文传达，越细越珍贵。

巴尔扎克

往实里说，巴尔扎克描景，起码有一半并非出于审美，而是受了金钱的逼迫。他办印刷厂破产，欠了一屁股债，便在文学中找出路。二十年间，他写了九十一部小说，长短不一，合称《人间喜剧》。他出书以字数计稿费，每每写景，总要多拖几行。论速度，巴尔扎克堪称法国第一高手。出产最快的小长篇，仅用了三天。常常同时写几部作品。某一年，他在四十天内写了五部中长篇。尽管如此，还得四处躲债。头一笔他亏欠6万法郎，相当于如今的630万元人民币。

《人间喜剧》插图

由巴尔扎克，我想起了古龙，两人都曾为金钱所困。古龙写作以页计算稿费，他捞钱技高一筹，简单一句话，可以拉出大半页，比如：

一柄
闪亮
的
刀，
倏然
拔出，
箭一般
飞入
对方
的
咽喉。

那刀有多快，谁也不知道，见过的人都死了。如此经营，还有哲学后盾。老子曰，大盈若虚，无为而为。庄子说，大鹏展翅，无中生有。我补充，空白里，天高地厚。一路写下去，创造了古龙体，一如齐白石的画，四两拨千斤。那是东方向虚智慧的凯歌。还得说，虽然钻钱眼，两位都是大家，巴氏名气更大。守灵时，法国内政部部长巴罗什评定：巴尔扎克出类拔萃。雨果补充：他是人间的天才。

等待，希望

十二岁那年，我家附近的山脚下搬来一个陌生人，占住旧茅棚，种起蔬菜和草药，四周插栽红苕，还养鸡。混熟后，我们称他为老高。逢单的晚上，六七个中小学生都往茅棚里跑。老高会讲故事，而且是外国货，题目是《基督山伯爵》。煤油灯微微跳动，老高中速讲述：咚咚咚，地牢里传来一阵一阵的响声，又沉又闷，唐泰斯好奇，微微有点紧张。声音越来越近，他抓起一块石头。石壁上破了个洞，越挖越大，钻出一个白胡子老头。说几句，立马相互交底。来的是老神甫，他本想打地道越狱，算错了方向，窜到唐泰斯的牢房里来了。多一个朋友，少十份寂寞，在狱中，尤显珍贵。几个来回，两人速成忘年交。唐泰斯鞍前马后，无微不至，老人大为感动，传授给他毕生的知识。还告诉他，某个叫基督山的荒岛上有一个地宫，藏了巨多财宝……

老高很规律，每次讲一小时，隔天讲一回，有事隔得更长。我们聚精会神，听得津津有味。受惠久了，总想做点什么，便自告奋勇帮他挖红苕、种土豆，放了学，四处采中草药。摸腾半年，我们识得了三十多个品种。还发现，老高很难吃上白饭。隔三岔五，我们便用衣口袋给他装些大米。父母知道后，又让我们拿了些挂面。最后八方捡树枝，帮老高搭了个小院。故事收场时，老高庄严发问：基督山报了三个仇，为什么都能成功？我们认真答：因为找到了金银财宝。再往下问，则各执一词，有的说他勇敢，有的说他聪明，有的说他英俊。老高柔语归纳：说得都对，还有一条更重要，从老神甫那儿，基督山学到很多知识。时日昏匆，你们要看远一点。该读的书，好好读；该有的本领，早点去练。记住一句话，艺多不压身。我们连连点头。老高喝口茶，庄重说：书是这样结尾的，人类的智慧包含在四个字里，"等待"和"希望"！含义很深，以后大了，你们好好去琢磨。我们又点头。在回家的路上，我欣喜若狂。不经意间，我听完一部法国小说，真是不一般的精彩。那也是我与法国相遇的第一丝缘分。

1972年初，我考上武汉外国语学校，主攻法语。我带了五斤米，专门拜访老高，又问《基督山伯爵》。老高兴高采烈，恭贺后，直言交底：大仲马（Alexandre Dumas, père）是法国作家，其他的，我也不清楚，我学的是工科，那本书是红卫兵抄家时我捡的，译后记被撕掉了。以后见到法语老师，帮我问一问，有新情况，立马告我。我庄严承诺，尔后去万松园住读，每周回一次。探问几个月，只有两人知道大仲马，却没说出新情况。随后的周末，老高常外出，半年间，我只见过他两回。伙伴们都说，他在办一桩大事，区长来找过他。第二个学期，武汉外校来了一位张老师，是北外教法语的高材生，给董必武当过翻译，他的论文写的恰恰是大仲马。

从张老师那儿，我得到许多新信息。大仲马的父亲是将军，走得早，奶奶是黑人。他写小说常请枪手，《基督山伯爵》有马盖三分之一的功劳。儿子小仲马也是名作家，写了《茶花女》，

1899年由林纾译成中文，那是我国出版的第一部外译小说。还得知，大仲马开初以戏剧闻名，他的《亨利三世》与雨果的《欧纳妮》都曾轰动巴黎。他一度很富，却四处留香，挥金如土，建了基督山伯爵楼，又立剧院。因经营不善，亏了血本，卖掉伯爵楼，还债台高筑。一时间，被150个债主围追堵截，只得去比利时躲避。晚年中风，半身不遂，在儿子家归老。还有一个说法，我是后来知道的：大仲马把用烂的情人留给了小仲马，小仲马把新皮靴穿熟后交给大仲马。

收获太丰盛，周末回家，我立刻奔向山脚。茅庐的院门没锁，用铁丝钩住，进去后，只见鸡子四处跑，屋内空荡荡。等许久，不见人。恰好走来一个同伴。问其故，答曰：前天开来一辆北京吉普，老高就不见了，我来护院的。我目视四周，南瓜结了一串果，何首乌长到半人高。第二周回来，我再去一次，还是没人。街坊里兴起两种说法，其一道，老高是逃犯，被公安局抓回去了。其二曰，老高被打成右派，妻离子散，他四处流浪，最后落居二街坊，现在叫城乡接合处，因有特殊本领，被国家请回去重用了。时至今日，我仍没弄清老高的下落，却常常想起由他传达的大仲马的那句名言：等待，希望。

黑色光明

雨果（Victor Hugo）很吝啬，家中的开支，他每天都要记账，而且记得很细。有一天，夫人买了一条裙子，事先没打招呼。得知后，他暴跳如雷，反复叫嚷：你要毁掉我们的家，浪费啊，刚买了一条，你又买，你要毁掉我们的家。一周后，情人朱丽叶特背着他买了一盒新牙粉。获悉后，雨果又发了一通火，温度很高。此刻的大作家并不缺钱，他出文集的稿费达30万法郎，约120万欧元。后来的《悲惨世界》又挣了35万法郎。其他书，暂且搁一边。可以说，他是法国当时最富的作家。开头也艰难，《巴黎圣母院》只得了1000法郎。

与此同时，雨果又很慷慨。十年间，每到周末，他常常邀请四周的穷孩子来家里吃一餐饭，包括小流浪汉。最多的一次，请了四十二个人。每人一盘肉或一份鱼。面包有三种，奶酪随便拿。邻里的穷苦人家生了孩子，他总要送几袋奶粉。那是高档品，一般人买不起。雨果是一个矛盾体，临终说的一句话是：我看到了黑色的光明。这矛盾首先来自童年。他父母关系不好，长期分居。他跟了妈妈，就要远离爸爸；随了爸爸，便久久见不到妈妈。十岁那年，雨果仰天长叹：若能把他们合在一起，那该多好啊。

到最后，人们发现，这句话竟成了他作品的中心，或称经
纬。在文字间，雨果经营最出色的，就是协调矛盾，融合对
立。于是，最好的市长，最善的老人，开头要蹲十几年监狱。
最丑的卡西莫多最终与最美的埃斯梅拉达在一起。在爱与恨、
美与丑、光与影之间，雨果奏出了美妙的交响乐。这也是吝啬
与慷慨的艺术回音。

《巴黎圣母院》插图

葬礼上的乞丐

1885年5月22日，雨果溘然长逝，享年八十三岁。议会投票决定：举行国葬，遗体安放于先贤祠。第二天晚上，在凯旋门下设了灵堂，雨果躺在长明灯旁，由十一位诗人守护。从凯旋门到先贤祠，每个路灯杆上都挂了黑纱，上面标着雨果的一部作品或一句诗。巴黎戴了重孝。小乞丐们相互串通，一批又一批，在塞纳河旁洗衣晒帽。他们之间说得最多的一个词，是加夫罗什，那是雨果在《悲惨世界》里塑造的一个小乞丐。巴黎闹革命，他常常出现在街垒，冒着枪林弹雨，为起义者送水、补弹药，拖回已死敌人的装备。

巴黎公社失败后，加夫罗什随一批成年社员一起被捕，上头有令，将他们就地正法。小乞丐对军官说：先生，我的手脸太脏，我去洗一洗再来。军官狡黠一笑，和蔼命令：快滚吧，小兔崽子。看到"和蔼"二字，我心头一暖：粗野的西方人也有文明的一面，打仗通常不杀妇女和儿童。社员们已站成一排，士兵举起枪，军官抬起手，正要发令，加夫罗什赶到，高声报告：先生，我来了。原文即：Me voilà。这也是副词voilà在法语中最雄伟的用法，饱含英雄主义，更有人道关怀。

巴黎忙了整整八天，出殡那日，下了一会儿小雨。凯旋门广场人山人海，沿路里三层外三层。街边楼房的窗口里全是脑袋，阳台站满人。各行各业都派了代表，妓院全部关了门。据统计，有150万人给大作家送行。另有180万之说，巴黎当时的人口只有220万。用诗人的话说，雨果腾空了巴黎。灵车由一匹壮马拉着，护卫为十一位诗人，后随各界名流，最后是马队。在广场右侧，聚集了一千多个小流浪汉，他们衣着干干净净，都戴了帽，隔一会儿说一句：我们是加夫罗什，我们来了（nous voilà）。灵车启动时，他们一起脱帽，往空中一抛，齐声高呼：雨果万岁！这是当天，也是法兰西历史上，最震撼人心的一幕。

《悲惨世界》插图

大师的经济

很早就听说，福楼拜（Gustave Flaubert）家境优裕，写作没压力，可从容不迫，可精雕细琢。匆看他一眼，是这个景。大师生于1821年，活了五十九岁，写了五部长篇，每一部至少磨五年。《圣安东尼的诱惑》三易其稿，琢了二十五个春秋。《情感教育》有十一个不同的开头。在形式和语言

福楼拜

的经营上，大师殚思竭虑，呕心沥血，开启了世纪风。留学法国期间，我拜谒了大师的故乡——鲁昂，又读了几本传记，却发现，福楼拜常有困顿，写作并非都那么从容。往前说，他识字较晚，反应迟钝，在家人眼里，有点智力低下。萨特为他著书，书名就叫《家里的傻瓜》。

中学毕业后，福楼拜去巴黎读法律，大二没通过，忧心忡忡。假期与哥哥散步，他突然倒地，浑身抽搐，口吐白沫，羊痫风发作。福楼拜的父亲是名医，他亲力亲为，控住了病情。随后决定，舍弃学业，由着儿子舞文弄墨。与之配套，在

离家不远的塞纳河边买了一栋小楼，叫克鲁瓦塞。置家具，雇用人。那是福楼拜的住所，有如伊甸园，五部大作都在那儿写就。小楼售价9.5万法郎，按物价比，相当于今天的40万欧元。独处一隅的福楼拜勤奋读书，专心运笔，悠然自得。说"悠然"只是旁观者视角，一旦进入文字，作家煞费苦心，绞尽脑汁，用他自己的话说，是在快乐中煎熬。

两年后，悲伤接踵而至，父亲和妹妹同年病故。妹妹走时，留下一个女儿，叫卡罗琳娜，那是福楼拜的莫大安慰，也为他晚年的困迫埋下伏笔。从此后，母亲、侄女与作家三人一起，都住克鲁瓦塞。父亲遗留雄厚，时日仍算丰满。为了写作，福楼拜要去埃及、意大利等地住一年半，母亲一抬手，给了2.7万法郎，相当于近百万元人民币。最初写书，福楼拜只追理想，没图钱财。坐吃自然山空。1857年初，他签了《包法利夫人》的出版合同，一口价要了800法郎。小说出版后，一炮走红，半年卖了1.5万册。若拿版税，整体可得3万法郎。作家苦苦说，我文气太重，没财运。出版商还算义气，又奖赏他500法郎。

《包法利夫人》插图

作家的日常开销全由母亲承担，额度为每年8000法郎。常常有缺口。福楼拜定居鲁昂，又在巴黎租房，两头跑，定期办沙龙。常客有左拉、莫泊桑、都德、龚古尔兄弟。还要会情人，去青楼，外加餐馆和剧院。侄女长大后，嫁了个富商，他生意做得大，有点鲁，动辄进出上百万法郎。1872年，母亲撒手人寰，霎时天昏地暗，福楼拜瘦了两圈，也得了一笔遗产，约20万法郎，加一个庄园，拥良田345亩。现钱交给侄女婿打理，相当于入股，年底分点红，时日继续优渥。母亲还立下遗嘱，福楼拜去世之后，克鲁瓦塞归卡罗琳娜所有。换句话说，儿子终生居住，房产证在外孙女手里。

两年后，侄女婿亏了150万法郎，福楼拜损失惨重，还没完没了。为了救助至亲，他卖掉庄园，得款20万法郎，解了燃眉之急，自个儿却陷入困境。面包有的吃，鱼肉稀松，车票太贵，巴黎去不了。脑中常现一道阴影，生怕侄女被逼卖掉命根一般的克鲁瓦塞。大师的困境被捅上了报，文人们八方奔走，有的联系巨富，有的找总统，最后为福楼拜在图书馆谋了个闲职，年薪3000法郎，保障了得体生活。大师苦苦一笑，望望西去的河水，全身心笔耕。最后创造一个奇迹：以现实主义祖师立世的福楼拜，向虚崇无，不断完善形式，开创了法国现代小说的先河。到二十世纪中叶，以反传统著称的新小说尊他为开山鼻祖。从其"隐匿作者"的笔法及加缪的《局外人》，罗兰·巴特提炼出"作家之死"的美学主张，影响了整个世界。

天上人间

莫泊桑

《羊脂球》发表后，莫泊桑（Guy de Maupassant）一举成名，又佳作鱼贯，40岁不到，挣了60万法郎（约人民币2000万元）。在十九世纪末的法国，那是一笔巨款，能与之比肩的只有雨果和乔治·桑。雨果更胜一筹，一部《悲惨世界》就卖了35万法郎。巴尔扎克最惨，写了九十多部小说，才勉强还清债。福没享几天，又上西天去了。暴富后，莫泊桑辞去公务员之职，雇家仆，买游艇，专心吃笔饭。又在家乡诺曼底建一栋别墅，开初取名"泰利埃公馆"（La maison Tellier）。红颜知己柔颜劝说，好端端一个私宅，你用妓院冠名，多煞风景呀。莫泊桑微微一笑，改为"吉耶特"（La Guillette），取了其名"居伊"的女版①，如同我们的"芳"对"钢"。心下却说，泰利埃更绚烂，还将更符实。

---

① 莫泊桑的全名为Guy de Maupassant，Guillette是Guy的阴性形式。

此独白自有缘由。莫泊桑终身未娶，艳遇连绵，常去青楼，高看性工作者。其成名作的主角即为妓女，她既大度，又爱国，充满正能量。他的第一部中短篇小说集也高扬妓院之镳，题为《泰利埃公馆》。别墅落成后，莫泊桑买了一只鹦鹉，费老力才教会它一句话，Bonjour cochonne，译成中文即"你好，小母猪（或女下流坯子）"。大作家择时回来度假，接待最多的是女宾，上至伯爵夫人，下及站街女。每每

《羊脂球》书影

高谈文学，私下肉欢。进门时，众多女宾会被鹦鹉骂一句，都浅浅一笑，心照不宣。

　　安排就绪，家仆达萨尔溜进院中的小屋。那是一艘旧渔船改造的，有床，有桌，有椅，有书架。达萨尔文化不高，每写一句都有拼写错误，却很刻苦，耳濡目染，经常读书，时不时记两笔。他比主人小七岁，鞍前马后整十年，把四十三岁的莫泊桑送进公墓，自己又活了半个多世纪。以主人为轴心，他写了一部传记，为研究莫泊桑提供了珍贵史料。

　　或许声音太大，或许隔墙有耳，浪荡后，邻里议论纷纷，

一致指着吉耶特说，这是雅堂，也是泰利埃公馆。莫泊桑会心一笑，不与之争辩。返回巴黎后，却焦虑起来。长期愤世狂野，他头疼下体胀，健康每况愈下。如同福楼拜、左拉、都德等名家，他也染了梅毒，精神不时错乱。后者也是遗传，其母重度抑郁，其父妄狂。一个月前，莫泊桑把弟弟送进疯人院，谎称度假。弟弟要送他出门，却被医生拦住。四眼相对，哥哥心如刀绞。

　　一年后，莫泊桑也进了疯人院，他长期昏迷，断了笔墨。偶尔醒来，大作家捡起小木棍，埋入土里，对达萨尔说，今年种下去，明年会长出一群莫泊桑。或仰头高嚷：上帝在埃菲尔铁塔上宣布，我是他的亲生儿子。1893年7月6日，莫泊桑离开人世。短短20年间，他写了6部长篇，337部短篇，被誉为"世界短篇小说之王"。在悼词里，左拉说，Ayant connu des délices et des douleurs, il est en bas et en haut. 后一句译成中文即"天上人间"，或"既低也高"。

黑色维纳斯

波德莱尔（Charles Baudelaire）只活了四十六岁，主要经历了三个女人，归纳为"一上一下，中间加一点"。上为萨巴蒂埃夫人，点乃玛丽·都布兰，下即让娜·杜瓦尔，人称"黑美"。对于黑白混血的让娜，公众了解甚少。没有人知道她姓什么，从哪儿来，家中有谁。单出生地，就有海地、社会群岛、马达加斯加、印度、南非等多种说法。生日也模糊。唯一的记录是她1859

波德莱尔

年的住院登记，写的三十二岁。这个数字有点嫩。波德莱尔1842年与让娜同居，若以入院记录为准，那时她才十五岁，之前她还做过摄影家纳达尔的情妇。为躲债，"黑美"用过几个姓：杜瓦尔、勒迈尔、乐麦尔、普罗斯贝。到底哪一个，无法确认。

关于其外表，也众说纷纭，甚至相互矛盾。其一说：她是黑白混血，皮肤呈淡棕色，不太漂亮，黑发短而卷曲，胸部较平，个儿偏高，步态难看。其二道：她颧颊高突，皮肤暗黄，红嘴唇，头发茂密形同波浪，身材好，游走如蛇，胸部突出，活力四射。其三曰：她棕色头发，表情天真，行走如皇后，优雅带野性，既神又兽。纳达尔定论：个子高大，行走如鹿，身姿柔和，眼睛大如汤碗。

她何时到的巴黎，也不清楚，仅知1838年至1839年，她在拜尔特剧院演些小角色，相当于跑龙套。却有文本如此记述：一天晚上，波德莱尔与克拉代尔经过蒙马特高地，看到了让娜，几个醉鬼在折磨她，诗人挺身而出，拉出"黑美"，送她回家，将克拉代尔孤零零地抛在大街上。这几行字只能算诗人救美的传说，1842年，作家莱昂·克拉代尔仅七岁。文献明确记载，他在1861年才认识波德莱尔。

头几年，让娜与波德莱尔住在圣母院背面的圣路易岛，那是巴黎的高档住宅区。尔后搬迁七次。二十五年间，两人分分合合，哭哭笑笑。至生命尽头，却是女送男。读者对让娜的了解，主要通过诗人写给母亲的信，让娜的信都被波母烧了。对其品性，朋友们评定如下：阴险，放荡，无知，愚蠢，虚伪，挥霍。全负面，明显带有种族歧视。

波德莱尔却称她为"黑色维纳斯"，将她当成宝贝。撕扯之中，两方经常要死要活。1845年，波德莱尔给公证人写信："当让娜小姐把这封信交给您时，我已死去。我自杀，她不知道。关于我的遗产，除了留给母亲的部分，其余一切，都交与让娜。如今，我只有黑色维纳斯。在她那儿，我能找到宁息。"折腾一大圈，波德莱尔只划破了一点皮肉。

不久后，诗人又苦述："让娜已成为障碍，首先是我幸福的障碍，这不重要，我可以牺牲一己之乐，并已验证。关键是，她妨碍了我的精神完善。写到这，我眼里噙着羞耻和愤怒的泪。好在家里没武器，有时候，我会失去理智。某一夜，我用托架砸破了她的头。"两人再次分开，却没决裂。"几个月里，我隔十几天看她一眼，送点钱去。"1853年，让娜的母亲去世，波德莱尔料理后事，花了121法郎，其中买地86法郎，人工10法郎，棺木25法郎。在当时，这不是小款。诗人苦苦说："交了洗衣门卫费，买了木柴，这个月，我所剩无几了。"

1859年，波德莱尔与母亲同住翁弗勒尔。让娜突然犯病，半身不遂。诗人遥距使力，为她找到医院，150法郎的住院费也是他交的。出院后，让娜半瘫，波德莱尔为她租一小套间，陪住些时，当起监护人。1864年，波德莱尔去比利时讲学，特意叮嘱公证人："别忘了给让娜送50法郎，她可能会失明。"这是让娜在波德莱尔信中留下的最后痕迹。随后说她的，是诗人的母亲，都很负面："黑维纳斯以各种方式折磨我儿子，吞噬了不知多少钱。她的信我积了一堆，没找到一个'爱'字，最后一封寄于1866年4月。儿子已半身不遂，我去布鲁塞尔照料，她嚷着要钱，数目不小，还敦促立马寄。读到这封信，儿子该多心酸，如此撕扯一定会加重他的病情，很可能，这些就是他得病的原因。"

"折磨"二字或许有点过，吞噬钱财却一点不假。波德莱尔认识让娜那年，从父亲那儿得到10万法郎遗产，相当于现在的360万元人民币。仿佛农奴翻身，诗人大肆挥霍。住高档宾馆，买名贵服装，在圣路易岛租房，为让娜买贵重首饰，选路易十四用过的家具，仅半年，花掉5万法郎。母亲无奈，给法院递去监护申请，限定继承人每月只能用300法郎。这笔钱足够诗人体面生活，那时每月40法郎可以养活普通的一家人。只可惜，波德莱尔已挥霍成瘾，又缠个吞钱女，自己还抽鸦片，经常叫穷。母亲不时接济几个钱，诗人也设法去挣。除了诗，还写画评，翻译爱伦·坡的小说。

去比利时，也为挣钱。但讲座的效果不太好，讲着讲着，没人听了。组织方付了首轮的1000法郎，就断了后续。波德莱尔滞留布鲁塞尔，写书痛骂比利时。病后被送回国，不到一年，撒手人寰，与他憎恨的继父葬在一起。四年后，母亲也来会合。波德莱尔去世后，有关让娜的消息只有两条。纳达尔声称，1870年见过她一面，苍老的"黑美"挂着双拐。歌唱家艾玛回忆说："她住在一间小房里，环境灰暗，我约喝咖啡，她架着拐杖而来，戴彩色头巾，鬈发蓬乱，一对硕大的金耳环闪闪发光，那是波德莱尔送的生日礼物。"她后来什么时候去世以及埋在哪儿，无人知晓。

论让娜对波德莱尔的影响，同时代的人大多认为，负面居多。也承认，因为她，诗人出了许多佳品。传记作家几乎异口同声："黑美"迫害诗人，掏空他的口袋，毁掉他生活的安宁，没有她，波德莱尔很可能拿出更多名篇。我觉得良莠各半，利弊均摊。换个人，诗人或许趋于平庸。没苦难，哪有杰作。在波德莱尔眼里，让娜羞花闭月，以风骚狂肉体，以异国情调供养精神逃逸。"她皮肤绚然反光，姿态犹如扬帆远航的船"，协以棕美和发香，撩出感觉丰沃、意象纷飞的域场。那是诗人的灵感源泉。在《同情幽灵》一书中，费里耶确认说：从让娜那里，波德莱尔得到了创新的能量。

波德莱尔的女神

　　波德莱尔奉为女神的萨巴蒂埃夫人，却是被人包养的绝色，人称女主席，本业画画，靠富豪支托，在比加尔广场附近开了一间艺术沙龙，往来皆名流。作家中，常见福楼拜、大仲马、缪塞、高缇耶、龚古尔兄弟。众人齐声称赞：女主席美丽、善良、快乐，独一无二。追捧者一浪接一浪。1851年，波德莱尔结识莎夫人，一见狂爱，又心纯如水，视她为女神。暗地里，火烈为她作诗，写了七八首，出版时放入"忧郁与理想"系列，那是《恶之花》的主干。于作者，这属精神之恋。每写完一首，他都匿名寄过去。女神猜出了作者，却不点破，一路半明半暗，心照不宣。

　　论及波德莱尔，总会提及二向论，我简化为"一上一下"。诗人声称：每个人身上，都有两种祈求，其一向往上帝，其二坠向撒旦。向上等同于升华，附于精神；向下乃堕落，具化为肉欢。这双向也体现在诗人的爱场里。让娜以肉欢见长，向下，那是撒旦的召唤。对女主席的爱隐于精神，神圣向上，也是忧郁与理想的第一交往对象。在给萨巴蒂埃夫人的信中，诗人曾说：每当我做一件好事，便自语，精神上我接近了您，肉体在升华。上与下之间还有一个点，那是玛丽·都布兰，一位有些名

《恶之花》书影

气的女演员。她外观柔美，眼盈秋波，给人以宁静和安详。在波德莱尔的心目中，玛丽兼合母亲、情人、姐妹多重身份，属于温情之爱。

　　1857年6月，《恶之花》正式出版，匿晦于光天化日之下。女主席笑曰：我早知道是你。诗人回敬：万分荣幸。几周后，诗集被起诉，罪名是有伤风化。折腾一个月，判出结果：删去六首"淫诗"，罚款300法郎。"淫诗"篇目如下：《首饰》《遗忘花》《献给过分快乐的她》《莱斯波斯岛》《该下地狱的女人》《吸血鬼的变化》，其中两首是写给女神的。在《献给过分快乐的她》中，作者沉吟：

　　　　　　　因此某一夜，我想

　　　　　　　像一个懦夫，无声爬向

　　　　　　　你惊讶的腹部，留下

　　　　　　　宽大深邃的伤口

　　　　　　　温柔令人昏眩

　　　　　　　通过更灿艳的新唇

　　　　　　　注入我的毒液，我的妹妹呀

原味译出肯定泛黄，但诗文持以暗喻，托与象征，哭不落泪，笑不露齿，够不上法官说的淫荡，最多算意淫，还带一点施虐狂倾向。暗恋久了，想象难免过激。一时责声一片，骂语连环。雨果独具慧眼，写信高赞：您给法国诗歌带来了新的战栗。萨巴蒂埃夫人更厚道，在沙龙里，高声给作者正名，还为降低罚金四处奔走。诗人还给皇后写了求援信。多方努力奏了效，罚金最后降到50法郎，大幅减轻了诗人的负担。近百年后，法庭为这六首诗平了反。

8月底，女神单独请波德莱尔吃饭，地点在丁香园。那是巴黎的老字号，眼下还在原地营业，生意火红。两人言笑晏晏，须臾吃穿了夜。诗人依依告别，他立正身，恭敬地抓起女神的手，轻贴一吻，柔声细语：今天好愉快，后会有期。夫人柔嗔一眼：你不愿送送我？波德莱尔急说：愿意，愿意，非常愿意！头点得像鸡啄米。专用马车开来，诗人扶上女神后，斗胆坐她身旁。萨巴蒂埃夫人莞尔一笑，又谈文学，一路酿造爱韵。到达住地已干柴烈火，两人宽衣解带，龙腾凤应，颠上倒下，毒液猛注，气壮山河。波德莱尔狂喜：终于，我摆脱忧郁，升入理想。

回家休整几日，再想萨巴蒂埃夫人，却发现，以往的金环散去，神光消失，女神落地，与身边的让娜没啥区别。波德莱尔大为失望，憋三天，给萨巴蒂埃夫人写了一封信："几天前，你是我的神，如此圆通，如此美，如此神圣。现在，你成了女人。"渐渐地，诗人疏远女神，高美的沙龙也不去了。换个说法，这也是人性的弱点。

读何如

在校园里，我专心朗读法语，老耿微笑而来，举一册硬壳书，在我眼前晃几下，神秘地说：La vraie littérature, langue très pure（真文学，纯法语）。我急切恳求：好兄长，借我瞧半天。老耿直摇头：要不得，要不得，好多人在排轮子。我再三恳求，老同学优我一惠，特许看五分钟。览过目录，翻几页，我立刻被迷住。那是何如编的《法国文学选读》，从《罗兰之歌》延到二十世纪中叶。名作各选二三段，加评注，附作家简介。通古达今，丰姿多彩。作者执教于南京大学，大名远扬，任首届法国文学研究会会长，二十世纪三十年代曾在巴黎留学七年，国学扎实，所译的《毛主席诗词》享誉法兰西，至今无人超过。德斯坦总统来访时，高度赞扬这个译本，可惜何老已作古。

我看得正入迷，老耿一把夺过书，庄严宣告：时辰到，我要转交给下一位。说完疾步别离，扬长而去。望着他的背影，我恋恋不舍，又无可奈何。一个月后，读本落入老耿手中，我不分昼夜地缠着他。老耿当过侦察兵，能耐大，独住一偏间，条件虽差，却自成一体，布设温馨。每次去，都见他在读何如。读累了，我插看一节。缓过气，他接着又读。那时川外的法语书太少，原版的，我更是没见过一本，大多是"毛选"

《北京周报》。得闲时，我们交流一下阅读心得，遛几个精彩语句。渐渐地，我抬高要求，提出外借。没想到老耿满口答应，但附一个条件：看两小时，给他泡一杯麦乳精，内料起码放两勺。我立马答应。麦乳精是当时的上乘补品，一瓶2块钱（相当于眼下的300元），味道近似巧克力，属于高档消费品。为读那本书，我只能豁出去了。

翌日下午没课，我买了补品，直奔老耿的小单间。老同学又在读何如。当着他的面，我泡了一杯麦乳精，放了满满两勺精华。头次拜码头，小气不得，这一点我打小清楚。中学毕业后，我闯过两个月江湖，黑话学会了四五十句。怕老耿变卦，我又加了半勺。老耿朗朗一笑，欣欣曰：要得，你娃儿真诚，懂得起，书拿去，两小时后送回来。我赶紧跑回宿舍，如饥似渴地埋头吞读。花钱买的时段十秒顶两分钟，效果出奇地好。一瓶麦乳精喝去五分之四，我已阅览三十三位法国重要作家，作者简介全抄了。在兰波、魏尔伦、波德莱尔那儿，我停的时间最长，所选的诗文，我全能背出，对象征主义有比较独到的见解。

当时盛行朦胧诗，北岛、顾城、舒婷是大伙的偶像。我们动辄"我不相信"，开口"致橡树"，努力"用黑色的眼睛寻求光明"，再要么是昂头高喊"中国，我的钥匙丢了"。读到一定量，我发现朦胧诗借鉴了法国的象征主义，主要手法来自波德莱尔的暗喻和象征。上下应和，五官互通，影像倒挂，时空颠倒。自象征主义起，法国诗开始难懂，其晦涩变幻出我们的朦胧。因这一系列发现，我在校园耀如明星，做过两次讲座，汉语系一漂亮女孩经常找我谈兰波，走时含情脉脉，意味深长地抛一句：文学和蔼，希望我们在长江和塞纳河之间会合。

　　又一个下午，我给老耿泡麦乳精，他外出小解，我没堆那么高。回房看了一个半小时，老耿找来，朗声高喊：杜娃，时刻到了。我看看表，据时反驳：还差半小时。老耿脸一虎，又一笑：今天的麦乳精，你娃冲得太清淡，最多看得一小时，我已经优惠你两刻钟了。我们相视一笑，心照不宣，聊了片刻，俏书还是还给了他。为了读完，我省吃俭用，又买一瓶麦乳精。一周后，系里却来了一名富裕女外教，从瑞士带来五千册法语书。本本地道，册册精华，可自由借阅，每人限两本。大伙儿一股脑扑向萨特、加缪、波伏瓦，围攻《小王子》。几天时间，何如失了宠。《选读》末尾的九分之一，老耿没要我的麦乳精，读完后，效果却一落千丈，三十来页我没记住一句。因此，我由衷感激老耿的小敲诈。

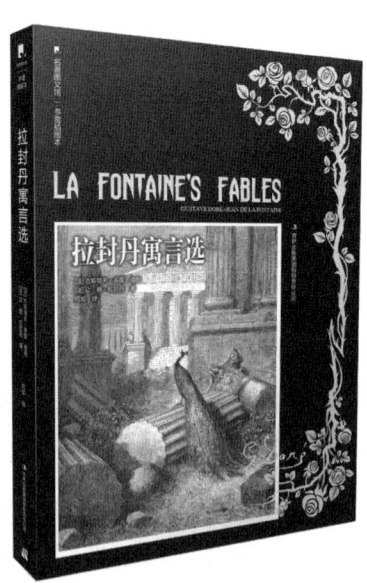

何如译《拉封丹寓言选》书影

谁最黄

比那尔先生（Pinard）大名远扬，或者说，臭名昭著。此君是巴黎高等法院的法官，1857年，他连续审了两桩大案，其一针对福楼拜的《包法利夫人》，其二冲着波德莱尔的《恶之花》。两者皆为当今世界名作，公认的人类优秀文化遗产，当时被扣上几乎一样的罪名：污秽淫荡，有伤风化。波德莱尔还扯上了亵渎宗教，罪加一等。针对福楼拜，比那尔振振有词：床上魅惑，鲁翁色迷，包法利夫人脱去衣服，辉了蓬荜。这不是淫荡，是什么？还有许多隐秽，比如说，妇人的衣带像一条蛇，走起路来沙沙响。女人身上的蛇能不是那玩意儿？读完全书，跳出一个主题：讴歌偷情，缺乏正能量。是可忍，孰不可忍。

幸好，福楼拜家境富裕，请了个好律师。舍拿尔熟读原作，旁征博引，口若悬河，一一反驳了比那尔的歪词，又出示了著名诗人拉马丁的赞语（十一年前，他当过法国的临时总统）。最后说，在鲁昂市，福楼拜一家救死扶伤，广受爱戴，美名高扬，为国家做出了突出贡献。大律师讲了四个半小时，厅堂内人员全神贯注，掌声不断。法庭最后宣布，福楼拜无罪。

接手《恶之花》，比那尔吸取教训，集中火力，攻击一点。他挑出六首"淫诗"，凸显下列几句：她躺下任人去爱；

他挺起腰，洞穴潮润，望不到头；他高高扬起，射出温热的毒液。最后说：还冒犯宗教，当事人完事后向天空怒吼。这一回，大法官得了手，法庭最后宣判：删去六首"淫诗"，罚款300法郎。1949年，法院纠正此案，给故去八十二年的波德莱尔平了反，判词如下：被控告的六首诗不含任何下流词语，连粗俗都谈不上，表现形式没有超出作家拥有的自由度；某些特色描写使法官直断为"有伤风化"，这只是个体的趋实评判，忽略了诗文的象征意义，带有随意性和专横色彩，且未得到舆论和文人批评的认可。

太空浩渺，风水轮转，定案十年后（1867年），官至部长的比那尔激情澎湃，自己写起淫诗来："我一手游走两座山，口探三角密林，情不自禁，我抖动起来……"后面太露骨，只能打住。我发现，这家伙挺虚心的。明面上，他控告福楼拜和波德莱尔。暗地里，却向两位学习。从《恶之花》里，他学到了象征。从福楼拜那儿，他学会了逼真，末尾写道：我一深二浅，捅了三百二十一下。还有一个创新点。福楼拜的现实主义推崇客观，提倡第三人称视角。比那尔取象征主义的主观透入，用了第一人称。先虚后实，别有洞天。

高官千慎，难免一失。某一日，那写诗的本本遗落在会议厅，被三位记者捡到。翻开一看，恰好是淫诗。后面也有正经货，那是准备上报刊装门面的。再瞧标眉，居然是比那尔大人的作品。三位目光炯炯，拍了照，物归原主，却故意泄了淫光，一时举国哗然，比那尔如过街老鼠，遗臭万年。

人渣魏尔伦

法语诗写得最悦耳的，是魏尔伦
（Paul Verlaine）。用词简朴，意境幽
婉，行文最轻盈的，也是魏尔伦。拿中
国诗人作比，有点像柳永糅几笔李清
照——晚来风无痕，雨点连绵，凄凄惨
惨戚戚，拳脚交加，酒醒无定所，更哪
堪，冷落清秋节。这是三合一的交响。
往背面说，在文学界，最混账，最该挨刀

魏尔伦

的，我认为，也是魏尔伦。1844年3月30日，魏尔伦生
于法国东部的梅斯。父亲是军人，家道殷实。母亲只有一个理
想，多生孩子，培育成才。却事与愿违，一连三胎，都小产。
母亲用药水把三个胎儿泡在瓶里，来了客，还要展一展。操劳
十三年，终于产下魏尔伦。小崽儿额宽耳大，斜嘴歪鼻，有点
丑，却是心肝肉，超常的溺爱将结出一串苦果。这之前，夫妻
俩收养了一个女孤儿，论血缘，是魏尔伦的表姐。两小无猜，
童年过得很畅欢。那是诗人心中的伊甸园。

父亲复员后，举家迁来巴黎。魏尔伦读完中学便去学法
律，却中途辍止，拿起诗笔，出入文人圈，常泡咖啡馆，与烈

酒为伍，麻烦多多。父亲动用关系，助儿子进巴黎市政厅当了公务员。一年后，严父病故。又两年，表姐撒手人寰。镇得住邪的人都走了，魔盒拉开一条缝。魏尔伦开始酗酒，经常旷工。喝高了，找母亲要钱，不给，便下恶手。酒醒了，又跪在母亲面前捶胸痛哭。玛蒂尔德出现后，魏尔伦自新了近两年。为了追这位年仅十七的纯情美女，诗人戒了酒，准时上下班，频繁写情诗："这儿有我的心，它只为你跳动，请用你美丽的眼，看我温柔的顺从。"结婚第二年，生了个儿子，其乐融融。

　　却有不测风云。1871年3月，工人发动起义，成立巴黎公社，诗人全身心投入，当了宣传股股长。他每天读报，看谁颂扬或咒骂巴黎公社。隔一天，巡一次逻。革命被镇压后，他远避他乡，丢了公职。兰波慕名而来，两人一见如故，纵入戾恋。魏尔伦把兰波引入诗人圈说文论道，兰波颠倒常感，妙语通灵，诗作不同凡响，起初大家都觉得新奇，但他人如土匪，满口脏话，见灵渎神，遇圣骂天，才过两周，把一帮诗人都得罪光了。大伙同声警告：再带这小子，咱们一刀两断。

　　家里也鸡飞狗跳。得了男欢，魏尔伦加倍喝酒，常与爱妻吵架，几度家暴。有一次居然把一岁的儿子往墙上一丢。幸好，孩儿落到棉被上，还笑了笑。母亲出面干涉，孽子拳脚相加，还砸碎了存胎儿的圆瓶。尔后带着兰波去英国，逗留比利时。时间一拉长，两人经常吵架，分分合合，合合分分。一日，魏尔伦提着油壶拿着菜从市场走回，兰波见了鼻一翘，挖苦道：一家庭妇女，还写诗。魏尔伦巨怒，一声不吭，去了布鲁塞尔。兰波追过去，小心赔礼，流涕道歉，两人又一轮狂欢，和解了。几天后再吵。好几次，魏尔伦回到妻儿身边，想拾起旧时光，没过几天，又心猿意马，舍不下寻欢作乐的男伴。

为了生存，魏尔伦去教法语，兰波在咖啡馆里写《地狱
一季》。两人遇到困境，第一个跑来解围的是魏尔伦的母亲，
其二是玛蒂尔德，既给钱，又献身。魏尔伦乃双性恋，粉蓝通
吃。几来几往，丈夫依旧执迷。妻子最后下通牒：要么跟我回
去，要么与兰波鬼混。魏尔伦随了妻子，走到一半又开溜，回到
兰波身边。妻子彻底绝望，上诉法院，要求分离。1873年夏，母
亲来到布鲁塞尔。在宾馆里，兰波索要25法郎，那是回巴黎的路
费，他要走，还当面将魏尔伦羞辱一番。回到房里，两人大吵，
魏尔伦掏出手枪，打伤兰波的左腕。警察逮捕魏尔伦，连带鸡
奸罪，判了他两年，关入芒斯监狱。

　　某个下午，看守拿来法院判决书，玛蒂尔德与他正式分
离。魏尔伦泪如雨注，当场跪下，举手呼叫：我要见巴尔神
甫。第二天，他开始信奉天主教，真诚忏悔。他在诗中写道：

> 天在屋顶上，如此蓝，如此静。
> 响起阵阵钟声，
> 棕榈摇曳，鸟儿哀鸣。
> 喧嚣来于都市。
> 告诉我，过去你都干了些什么？
> 泪流满面，泣不成声。
> 快快说，你如何挥霍了青春？

　　此后，他言行一致，遵纪守规，勤做好事，表现突出，
提前五个月出狱。返回法国后，继续教书，善待母亲，安分
做人。好景却不长久，两年后，魏尔伦又爱上十七岁的男学生
雷迪努阿。他再一次鼓动学生赴伦敦，自己去教书，双双打得

火热。这一回，据说是两情相悦。在同性恋里，诗人还塞几缕父爱。但他并不是合格的父亲，五年间，他只看过两回亲生儿子，抚养费一分没给。在外滚荡一圈，雷迪努阿返回父母的农庄。为了厮守，魏尔伦找母亲要钱，在学生家附近买了一个农庄。他是以学生父亲的名义买的，怕前妻知道索要抚养费。却经营不善，仅过两年又卖掉，一进一出亏损8万法郎。1883年，雷迪努阿患伤寒死去。魏尔伦返回巴黎，与母亲同住。一度想恢复公职，未果。继续酗酒。为了钱，再度殴打母亲，掐其脖子大叫：再不拿出钱，我掐死你，掐死你。隔壁的屠夫火急赶过来，像拎小鸡一样，抓起孽子抛在一角，挥拳警告：再没心没肝，我废了你。魏尔伦眨眨眼，溜之大吉。在邻居的鼓动下，母亲将儿子告上法庭，魏尔伦又在法国坐了一个月牢。出狱后全身心混迹文人圈，生活潦倒，名气更大。

　　后来他膝盖出了毛病，常常卧床不起，母亲的葬礼他没能到场，玛蒂尔德带着儿子赶去。回屋清理遗物时，她在床垫里发现几张契据，兑出8000法郎，拿去养儿子。魏尔伦苦苦说：人算不如天算。最后四五年，魏尔伦从一家医院转到另一家医院，出了院，常常居无定所。名声高涨后，身边缠来两个女人，都是交际花，相互攻讦。女甲说，你走后，她立马溜进雷当的家，混到半夜。女乙道，你前脚出门，她后脚跳上保罗的车。大诗人只能苦苦一笑，像摆轮渡，在甲处住半年，在乙处待六个月。作家们伸出援手，联名请愿。最后政府出面，给他拨了一笔年金，魏尔伦的生活才有了保障。春暖花开，魏尔伦膝盖好转，去比利时讲学，得款1000法郎。回来给女甲看了看，第二天，钱不见了。女甲反复说，一定是夜里来了贼。让女乙去取稿费，她回来却道，临时有变，钱没到手。几个月后，出版商见到诗人，坚定地说，那800法郎给了女乙，我有她的签名。

　　魏尔伦的佳品作于二十二岁至三十五岁之间，旺盛期只有十三年。主要诗集有：《土星人之诗》（25首）、《游乐图》（22首）、《好歌》（21首）、《无词的浪漫曲》（21首）、《智慧集》（47首）、《过去近来》（42首）。六部加起来才178首诗，六首当时已谱成曲，对作家而言，这已是无上荣誉。后十五年，诗人主要写回忆录，如《我的医院》《我的监狱》，都是谋生文字。还有一册评论集。诗也薄薄出了两册，大多是淫作，既有男欢，也有女爱。1894年，魏尔伦当选"法兰西诗歌之王"。在400人的选盘中，他得77票，第二名得38票，马拉美得12票。魏尔伦仅活了五十二岁，死于急性肺炎，附带梅毒和糖尿病。出殡那天，送葬的队伍经过巴黎歌剧院，顶部诗神的竖琴突然掉落，砸在魏尔伦的棺材上。这是厚誉，也是天谴。

《过去近来》书影

血　女

除了名扬四海的《魔沼》，乔治·桑还创了两项纪录。第一，在法国文学史上，她是第一个以写作为生的女作家，而且，活得很爽。第二，以公透的信息为准，她找的情人最多，档次颇高，行业分布最广。在此处，我重点钩一钩作家的花边边。据可靠统计，有名有气的情人，乔治·桑找了十五位，比如诗人缪塞，音乐家肖邦、李斯特，小说家桑多，画家马尔萨尔，雕塑家蒙苏，演员博卡日，哲学家勒鲁，将军路特斯，社会主义的领头人勒麦尔，等等。嫌疑重未证实的有三个：巴尔扎克、梅里美、德拉克洛瓦，后一个是法国当时名气最大的画家。

对待爱情，乔治·桑很真诚，也很投入，却常常朝三暮四，变化无常。今日热络的，明天或许就被忘到九霄云外。为此，波德莱尔给她起了一个外号，叫femme sang（血女）。

LA CIGOGNE POLITIQUE DE 1848

George Sand.

乔治·桑

这个组合含三层含义：第一，血性女杰；第二，喝男人血的女人；第三，有血统的女贵族。画龙点睛，切中要害。在十九世纪中后期，乔治·桑血气轩昂，出类拔萃，仅小说，就写了六十多部。又我行我素，惊世骇俗，公然着男装，高调闹离婚，经常举办傲俗派对。作家本人出自贵族，曾经的丈夫也为男爵，血统双纯。论"喝血"，评论家都荷维尼说得最形象：与她在一起，优男多痛苦，常常面无血色，而她则红光满面，从一个杆跳向另一个桩。

具体说一例。1834年，乔治·桑与缪塞去威尼斯度假。女作家重病卧床，诗人借机到处泡吧，与舞女鬼混。乔治·桑好了，缪塞又病下。女作家更有责任感，请来意大利名医帕日娄。名医的优雅打动了她，两人一拍即合，如胶似漆。后来，帕日娄还陪女作家回法国，没过几天，就被打发走，因为她已与缪塞和好。隔几天，女作家又认识了著名律师德布尔日。血女也有厚道的一面。至晚年，她名声大振，与缪塞、肖邦的故事几近传奇，大有卖点。一书商出高价，请她写一部自传。乔治·桑欣然答应，取名《我的一生》。先盘古开天地，码了三十万字，才写到爷爷。至缪塞、肖邦，作家却一笔带过。那十几页，稀松寻常，四平八稳，不留一丝破绽。

兰波卖军火

与魏尔伦折腾两年，兰波幡然觉醒，在欧洲转半圈，放弃诗歌，去塞浦路斯当监工。后又往返于亚丁湾和埃塞俄比亚，帮人做咖啡贸易。还找了个当地女人，叫玛丽亚姆。在给母亲的信中，兰波写道："我想结婚，想要个儿子，我要过体面的生活。"诸如此类，事事离不开钱。开初他薪水不高，后来独立经商小挣一笔，仍未达到理想高度。终于来了机会：同胞拉巴图做军火生意，已成气候，为扩大业务拉他入伙。此刻是1885年，埃塞俄比亚皇帝与绍阿国王梅内利克在争夺江山，拉巴图计划从欧洲为梅内利克购买一批枪支弹药。考虑一天，兰波欣然同意，回家后，拿钱送走了玛丽亚姆。

11月底，他赶到塔朱拉，联系好港口，筹备了驼队。三个月后，拉巴图到达，运来2040支枪，6万发子弹。却遇到一大难题：英法才签一项协议，禁止进口武器。但两人的生意签订于禁令之前，于是他们给法国外交部部长写信，几度周折，获得了许可。一切就绪，拉巴图却病倒了，患的癌症，被迫回国治疗，死于翌年10月。兰波又四处奔波，获得法国总领事的担保，带着拉巴图的委托书，联系上著名法商索莱耶，约定结队穿过危险区，人多更安全。祸不单行，索莱耶又患脑血栓，一命呜呼。此

兰波

时，文坛却响出两声佳音，在巴黎，《风行》刊发了兰波的散文诗集《灵光集》和《地狱一季》，赞语飘飞，呼声一片。

1886年10月，兰波独自率驼队去绍阿国。带骆驼五十二峰，武夫三十七人。顶着高温，几过沙漠，又披荆斩棘，走了两个月。还好，没有遇到劫匪。抵达约定的安口贝，国王为夺哈拉，领兵打仗去了。兰波只有等待。拉巴图当地的妻子，人称"寡妇西"，闻讯而来，附几个债主，随一帮骆驼主。钱还没到手，大家都来要款，个个狮子大开口。兰波断然拒绝，官司打到国王总管那儿，总管偏袒当地人，勒令兰波如数奉还。随后得知，梅内利克已获胜，将回恩托托。

兰波率队去新归地。国王凯旋，缴获了大量枪支弹药，对武器已不迫求。由是已签的合同，且主谈已故，国王有些滑头，他接过单，大幅度压价，又说拉巴图欠他的钱。此调一出，真真假假，围来一大群讨债人。付款时国王钱不够，兰波只能拿汇票去国王表弟那儿兑现。表弟驻扎哈拉，还有很长一段路。兰波与探险家薄何里结伴，征得国王同意，走一条新道。他带了家仆吉阿米和三个荷枪保镖。一路际遇迷人，风光奇艳，两人详细做了记录。行走三周，抵达哈拉。几度折腾，兰波终于兑回了钱。随后去开罗，把钱存入里昂的信贷银行。又在当地的大报上发表路途日记，获取了些有利经商的文曲名声。

回到亚丁湾，兰波向副领事做了汇报，苦苦说："该得的份额，我损失了60%，还不算21个月的非人劳累。"随后给母亲写信："也许骑马太久，我的左膝很痛，右肩、两腰、大腿也疼。"长久未得讯息，巴黎传说兰波已病故。为此，魏尔伦写了一组诗，又在《今人》杂志上撰写发表兰波的生平，以此悼念。1888年，兰波返回哈拉，设贸易站，做巨商舍塞尔的代理，主营咖啡、兽皮、棉花、香料、象牙、黄金，一路得风顺水，又挣一笔钱。对兰波，大伙评价如下：人聪明，爱嘲讽，很少说自己的过去，生活简朴；在生意上，以精准、坦诚、坚毅闻名。

膝盖却越来越疼，手臂也肿了。兰波感觉不妙，便结清账目，关掉代理点。很快走不动路，当地医生无策，建议他尽早回国。家仆做好担架，一路颠簸，把主人送回马赛。母亲赶来精心照顾，兰波的病情却一步步恶化。他被迫截去一条腿，癌细胞还是扩散了。1891年11月10日10点，兰波撒手人寰，年仅三十七岁。走的前一天，他口述，让妹妹写了一封信："经理先生，请把阿非拿尔的服务费寄给我，我已完全瘫痪，动不了，明天想早点去，告诉我几点最好，我让人把我抬上船。"临死，他想的还是生意。弥留之际，又嗫嚅："吉阿米，记住，还有几股，几根，牙，牙，我的。"此刻已没有诗，兰波说的，是象牙。

左拉会照相

都知道左拉（Émile Zola）是法国大作家，自然主义的创始人，深刻影响了巴金和李劼人，但少有人知晓这位大作家酷爱摄影，而且出手不凡，堪称"中师"。此技艺是印刷家布里尤传授的，时为1888年。苦练二载，

左拉

左拉功夫上身，独闯天下。真正发威是在六年之后，那时他已完成由二十本小说组成的《卢贡–玛卡尔家族》。论摄影，必须说装备，前前后后，左拉买了十五部档位颇高的相机，安设了三处暗房。为了自拍，还做了一条加长快门线。十二年间，他照了近万卷。留下的，只有三百多卷。每一卷的拍摄地点和曝光时间，都被他记在小本上。他自己冲洗照片，讲究异国情调，经常尝试彩色效果。

在光与影的方框里，左拉着力记录家庭生活，附带反映社会图景，比小说更真实，主要摄于巴黎、梅塘和维尔勒伊三地。1900年巴黎举办世界博览会，他全程跟踪，拍了二十卷，出佳作三十多幅。平时在街头拍的照片，许多成了法国十九世

纪末的珍贵见证。左拉的影品，我看过一百多幅，绝大多数是摆拍。一如他写小说，哪儿描景、哪儿对话、哪儿现人物，都要打草稿，摆设好了才动笔。往后走，法国文学的一脉特征，是从摆拍走向抓拍，这等"抓"又依持某个背景。还有一悖象：在左拉的小说里，摄影常常很负面，《神甫》等几处的误解和灾难都由照片引起。

接近二十世纪，左拉重点拍人物，主摄家庭成员，常常加题头，编集成册，比如《德丽丝与雅克》《左拉抓取的真实历史》，头一本是他两个孩子的影集。我们从中选出一张摆拍全家福，在黑白之间，首先灰出的是爱情。左拉结了一次婚，却有两个老婆。亚历山德里娜早早而来，与他同甘共苦，生死相依。左拉反复说：我要感激她两辈子。却有一个短板，发妻不能生育。至1870年，左拉小说大卖，他得一笔巨款，在梅塘建了一栋别墅，定期接待几位作家，牵出了著名的"梅塘集团"①，主角有莫泊桑、于斯曼②、龚古尔兄弟。

妻子为丈夫找了一个用人，叫让娜，二十岁，面目娟秀，手脚麻利，任劳任怨。女主人非常满意。左拉由衷欢喜，才过三星期，男主人与用人赤裸相见，如火如荼。半年后，左拉在巴黎为小三置了一个家，又在梅塘附近租一栋屋，他骑自行车，偷偷摸摸来往于两地。三年后，让娜为左拉生了一女一儿。这事儿只有一二密友知道。却有一天，亚历山德里娜收到一封匿名信，地下情曝了光。发妻大吵大闹，几近崩溃。左拉向天发誓：我绝不离开你，可我也得留个血脉。发妻只能接受

---

① 梅塘集团，指十九世纪后期以左拉为首的自然主义文学团体，因左拉的短篇小说集《梅塘之夜》而得名。

② 若利斯－卡尔·于斯曼（1843—1907），法国小说家，象征主义的先行者，后加入自然主义流派。

现实，她当大房，让娜做暗妾。

大作家仰天长叹：终于可以不用两面撒谎了。几个月后，又抱怨起来：我一点也不幸福。这种"一分为二"，这种被迫过的双重生活，常常把我推向绝望。我曾经有个梦想，让周围人都幸福，可我发现，这个梦不可能实现。其实大房做得很出色，经常照顾暗妾的两个孩子，带他们散步，给他们带礼物、讲故事，献出了她浓浓的母爱。丈夫去世后，她四处奔波，快速办好了遗认手续。从此两个孩子随父姓，光明正大地延续左拉的香火。

这一张全家照布局考究，四双眼睛划出四个维度。让娜居中呈正面。左拉和女儿看着让娜，一个俯视，一个仰观，心事重重反衬天真淳朴。儿子斜看前方，黑白呼应生动。整体给出一个信息：左拉怕老婆，两个都怕。在让娜的脸上，可以读出幸福和依赖，也有委屈和坚毅。左拉略带温情，多于苦衷，看久了，仿佛听见他说：一颗红心，左右为难，风箱里的耗子，两头受气。在他的脚边，放了一个圆形小气囊，那是延长的快门。用脚一踩，"咔"一声，瞬间变成了永恒。

左拉全家福

自然主义景观

1902年的夏天比较热，左拉与妻子在梅塘住了两个月，9月29日返回巴黎布鲁塞尔街。天已转凉，又下几场雨，屋内潮气厚重。妻子亚历山德里娜点燃壁炉，随手烤了四片面包六个土豆。左拉拿笔铺纸，开始写作，是《四福音书》的最后一部，题为《正义》。妻子久久看着火，小声嘟囔：这火咋没有平时通畅呢？等克莱尔来了，让她去瞧一瞧。今天太累，睡觉要紧。两人简单吃了晚饭，小忙一会儿，匆匆睡去。

早上用人到来，大吃一惊：主人愣愣躺在床上，呼喊不应，推无反应。她还闻到一股怪味，便赶紧开窗，关了还在熏烟的壁炉，飞速跑出。医生赶来时，已是上午十点，左拉瞳孔放大，脉搏停止跳动。亚历山德里娜还有一口气，经过抢救，活了过来。应该说，这是一个偶发事件。但联扯到德雷福斯案件，很多人想到谋杀。这也有充分理由。左拉发表《我控诉》后，收到了二百多封死亡威胁书。警察立刻介入，全面调查。问题出在烟道，左拉家的烟囱里塞了一团干草。有几种可能性：一，是鸟儿做的窝；二，大风吹的；三，有人蓄意使坏。第三个猜想有眉有眼，却无证据，兜了一大圈，只能不了了之。

还得说说德雷福斯事件。1894年，法国犹太籍上尉德雷福斯以卖国罪被革职，仅以较像的笔迹，就被判处终身流放。法国右翼乘机掀起反犹浪潮。不久却真相大白：卖国的是另外一个人。但军方岿然不动，政府拒不认错，直到1906年，才宣判德雷福斯无罪。其间，左拉挺身而出，发表《我控诉》，详细说明真相，伸张了正义。他自己却因诽谤政府罪，被判一年监禁，并罚款3000法郎。几经周折，左拉去伦敦住了十一个月，相当于流放，罚金被朋友抢着交了。

这一案件搅动了整个法国，各行各业从上到下都分为挺德雷福斯派和反德雷福斯派。经常，好友因此反目，夫妻由此离婚。有时家人团聚，谈及此案，彼此也会争个面红耳赤，几个月不说话。左拉意外故去，号称爱国的反德雷福斯派兴高采烈。他们频繁串门，竞相聚会，相互宴请。有些区域，香槟比平时多卖了十倍。《自由言论报》用醒目的大标题，印出这么两行字：自然主义景观，左拉死于煤气中毒。

坚持正义的民众悲痛欲绝，以各种形式进行悼念。《萌芽》是左拉的代表作，写矿工的生活。出殡那日，德南市派来一个矿工代表团，二百多人，一路高喊"萌芽，萌芽，萌芽"，震响了巴黎。在悼词里，法朗士庄严宣称：左拉是人类的良心，历史将记住他。1908年，法国举行盛大仪式，将左拉的遗骸迁到先贤祠，那是法国伟人的归地。德雷福斯也来了。仪式刚结束，一个反派记者掏出手枪，轻微打伤了德雷福斯的手，枪声抬高了左拉在人们心中的地位。

《萌芽》中的矿工

马拉美的名气从哪儿来

　　马拉美（Stéphane Mallarmé）是个本分人，在中学教了一辈子英语，历经二城，最后落定巴黎。但他的教学效果不算太好，学生一起哄，他的脸就红一块白一块，八字胡直往上翘。身体又弱，不时请个假，或申请减几节课，末了提前退休，两月三拮据。却是诗坛奇葩，独一无二。对于死，他感受尤其深。他从小失父母，十五岁姐姐病故，彻底成了孤儿。由此入诗，发现虚无是最佳起点，它通向理想与大写的美。他的诗歌因而强调语言自身的威力，以韵律、独特句法和罕见词汇创造一种"让花儿缺席的语言"。其诗以暗示为经纬，自行封闭，妙然一体，刻意表现的虚无，却含更高的意义。法国诗的晦涩始于象征主义，至马拉美，登峰造极。试举他最通俗的《海风》：

　　　　肉体含悲，唉！而书已被我读完。
　　　　逃避吧！远走高飞！我感到鸟儿醉酣，
　　　　飘在陌生的海沫和天空之间！
　　　　任何东西，不论是映入眼帘的老花园，
　　　　夜啊夜，不论是我凄冷的灯光
　　　　照在保卫着洁白的一张白纸上，

或是给婴儿哺乳的年轻的爱人，

都留不住这颗海水浸透的心。

我去了！轮船摇晃着全副桅杆，

起锚吧，驶向异国风光的自然！

烦闷啊，因冷酷的希望而更悲切，

却仍然相信手帕最后的挥别！

船桅邀请着狂风，呼唤着激浪，

也许它会被风压弯，在沉船之上——

沉船呵，无桅，无桅，也无富饶的岛国……

但我的心听啊，且听那水手之歌！

（飞白译）

　　最通俗的都这般涩拗，何况其他的。读这类作品，不宜过多追寻作者想说什么，因为在写作的途中，他有意砸断了意义链。我们应更关注词语的特别组合和意象的奇诡。现代诗往往形式大于内容，烟缭雾绕，令人无措，却可闪烁奇妙的光。自以为是地读，收获更大，这也是巴特所说的"作家之死"。具体地说，马拉美的名气来自1884年，那时他已四十二岁，大诗人魏尔伦发表长文，专门解读他。同一年，于斯曼出版《逆向》，轰动巴黎。小说里的主人公酷爱马拉美的诗。

　　还有一个扬名的平台。在巴黎罗马街的家中，马拉美开了一个文学沙龙，每周一聚，人称"马拉美星期二"，与左拉的梅塘并驾齐驱。前来会谈的大多是名家，如魏尔伦、兰波、左拉、纪德、马奈、德彪西、罗丹等。跑得最勤的是保尔·瓦莱里（Paul Valéry），他当时名气不大，后来成了法国数一数二的诗人，晚年获荣誉军团勋章，那是法兰西的最高荣誉。1924年，瓦莱里当选法兰西学术院院士，顶诺奖得主法朗士的席位。按规定，登堂要赞美前任几句。瓦莱里赞了，却只字未提法朗士的名字。

原来新科院士在记仇。三十年前，因法朗士极力反对，马拉美的诗没能在名社出版。瓦莱里一直自称马拉美的弟子，到处颂扬其师，说得最响的一句是：马拉美的诗学高度，我们望尘莫及。大家便嘀咕：瓦莱里已是顶极，老师更了不得，于是个个不由自主地高高扬起马拉美的标。再往前说，瓦莱里的忠厚还含了几许恩念。第一面，两人见于瓦尔万石桥，在马拉美的故乡。天湛蓝，水急湍。见到大师太激动，瓦莱里频频挪步，一个闪失，掉到河里。大师奋力营救，弟子才爬上岸，敬佩之外，瓦莱里还多了感激。也名副其实，魏尔伦之后，马拉美当选法国诗人之王。他诗写得那么纯粹，在法国文学史上，是第一人，且后无来者。一日，大师喉头痉挛，突然气绝，终年五十六岁。仿佛在共鸣，同时代的波德莱尔、兰波和魏尔伦也两头烧蜡烛，都没有活过六十岁。

马拉美

独木成林

在法国文学史中，阿兰-富尼耶（Alain-Fournier）是一个特例。他一生仅写了一部小说，叫《大莫林》，印于1913年。面世后，赞声一片，差一点获当年的龚古尔奖。新纪元法国百部小说大排名，此作位居第九，把萨特和杜拉斯都甩在身后。《大莫林》发表后第二年，世界爆发大战，富尼耶奔赴前线，为国捐了躯，年仅二十八岁，他的大名被刻入先贤祠。早早离去，却留下许多亮丽的故事，附带长长的悬念。

读高中时，富尼耶认识了著名评论家雅克·里维埃尔（Jacques Rivière），两人一生诚交。1909年，里维埃尔做了他妹夫，十年后，妹夫担任《新法兰西文学杂志》主编，那是法国最权威的文学刊物。

十八岁那年，富尼耶去大皇宫看画展，出门遇见一位绝美少女伊沃娜，他一见钟情，交往上，心有灵犀。但美女已订婚，第二年，嫁给一个名医。富尼耶辗转反侧，耿耿于怀，在信中唠叨了半年多。为此，他创作了《大莫林》。

转眼到了1912年，由作家贝吉引荐，他做了波尼耶的秘书，此君是法国前总统的公子，在写一部大作。富尼耶全力以赴，隔三岔五还要为公子的夫人西莫娜跑腿。几个月后，这四条腿跑到一起了。西莫娜比富尼耶大八岁，她在1957年抛出一本书，透露了他们激荡的爱，两人的情书发表于1991年。

因先前服过兵役，1914年入伍后，富尼耶担任中尉。一次，富尼耶执行侦查任务（另一说法是袭击德国的救护车）时，遭到敌人袭击，光荣牺牲，另有两位军官和十八个士兵也殉了职。富尼耶的遗体在哪儿，却无人知晓。官方的说法是失踪，翌年才宣布他是为国捐躯，给他追授了骑士勋章。1977年，学者阿勒格兰走访知情人，进行深入调查，牵动了大区的考古队。1991年5月2日，继任者路易终于在富尼耶他们当年战斗的地方，加洛那树林，找到了二十一具遗骸，德国人将他们埋在一个大坑里。经过科学鉴定后，遗骸被隆重葬于国家公墓。

富尼耶以独著立世，必须说一说《大莫林》。故事发生在一个乡村学校，十七岁的大莫林热衷探险，与同学弗朗索瓦交往甚密。有一回逃学，大莫林窜入一个神秘区域，那儿在举办一场奇异又诗意的庆典。城堡歌声四起，游戏遍地，到处都是化装舞会，引来大批浪人，各处都由孩子当王。大莫林随后得知，这一切都在给弗朗茨办婚礼。宴后去划船，大莫林遇见一个美女，叫伊沃娜，是新郎的妹妹。主人公对她一见钟情，念念不忘，却无深交的良机。关键时刻，新娘逃跑了，婚礼泡了汤。

《大莫林》书影

回到学校，大莫林只有一个念头：重返神秘区，找到心爱的姑娘。寻觅许久，却一无所获，那个区域不见了。新郎弗朗茨也在四处游荡，欲寻短见时，被大莫林和弗朗索瓦救下，两人庄严许诺，要帮他找回失踪的未婚妻。大莫林离开村校，去巴黎读书，实为寻找伊沃娜。在大学里，他认识一个美女，叫瓦伦蒂娜，与她迅速热络。却得知，此美是弗朗茨的未婚妻。大莫林立马离去。不久后，已当教师的弗朗索瓦得知了伊沃娜的行踪，大莫林终于见到心上人，两情相悦，成了佳眷。

却又节外生枝，婚后第二天，大莫林听到一声呼唤，不辞而别，一走一年多，杳无音讯。伊沃娜已怀了他的孩子，弗朗索瓦精心照顾。生下女儿后，伊沃娜永远闭上了眼睛，后事由弗朗索瓦一手操办。两个月后，伊沃娜的父亲也走了，把家产留给了弗朗索瓦。老同学尽心尽力，将孩子养到一岁。大莫林终于回来，紧紧抱住女儿。弗朗茨与未婚妻也回来了。镇定后，大莫林喃喃自语：带着女儿，下一站，我将去哪儿？

这部小说长久地吸引着法国人，其核心魅力，我认为，源于三个点。第一，爱情绮丽，颠簸多变，熟识妙合陌生，奇异两字很出彩。第二，如《红楼梦》的太虚幻境，小说营造了一个神秘区域，虚实相糅，正奇互补，开启了魔幻现实主义。第三，故事背景设在家乡，作者对此了如指掌，写来得心应手，有滋有味。还存许多迷疑，比如，两位同学是同性恋吗？弗朗索瓦对伊沃娜怀着什么样的感情？大莫林颠来跑去，到底想要什么？五个主要人物，哪个最纯，哪个更浊？诸如此类。这一切构成了《大莫林》的多面性，也是作者才华的非凡闪烁。于是，独木成了一片茂林。

米拉波桥下流过的爱

二十世纪最著名的法国诗人当推阿波利奈尔（Guillaume Apollinaire），他的名篇，无一例外，都喷自力比多。一半当情书，一半做记录。在爱的长短亭之间，大诗人住过五家风格各异的客栈。第一站在德国。1901年，阿波利奈尔给贵妇的女儿当法语教师。贵妇原籍德意志，丈夫病故，携女儿回家住一截，散散心。诗人随行，与年轻女管家阿妮产生恋情，甜

阿波利奈尔

蜜十余月。聘期结束，诗人回巴黎，阿妮返伦敦。开初两人鸿雁来往，尔后疏远，临近寂灭。诗人不甘休，急速赶到伦敦。阿妮冷冷应付，热切回避。一年后，诗人又来伦敦，明目求婚，阿妮毅然拒绝。为躲避纠缠，她远走美国。就这段经历，阿波利奈尔写出了著名长诗《失恋者之歌》。

又解释："那是我二十岁的初恋，延绵近一年。她爱过我，却不愿嫁给一个异想天开的诗人。我很痛苦，自认没人爱。过后细想，我更恋她的肉体，精神上，我们相距甚远。但

她性情温和，为人乐观。在《失恋者之歌》中，我还曾辱骂她，说到底，是我没爱到位。"

诗人死后四十年，研究者在美国找到阿妮老太。对故友的后文，她一无所知，自然也听不到谩骂。两人在一起时，阿波利奈尔叫魏莱姆，外号克罗斯逗，相当于我们说的胖胖、肥肥，入法国籍后才改叫阿波利奈尔。获悉故友的高名，老人家淡淡说："地球绕太阳，月亮环地球，各有各的道，作为地球人，活得舒展最重要。"研究者赞叹，您老看透了岁月，了不起。

阿妮之后，阿波利奈尔又遇年轻女画家玛丽·洛朗森。两人都写诗，共心语，一碰即合，尔后柔情似水，爱得真诚热烈。恨起来，也咬牙切齿。阿波利奈尔好酒，醉了常打女人。卢浮宫被盗，他坐了五天牢，人清白了，却带半身骚。熬过三四年，洛朗森忍无可忍，彻底和他拜拜。诗人再度痛苦，又痛出一首绝唱——《米拉波桥》，法国最有名的五首诗之一。此诗收录于《醇酒集》，一滴烈液，在作者与洛朗森之间溅了一个句号。

塞纳河在米拉波桥下流逝
还有我们的爱
何苦老是把它追忆
随着痛苦而来的总是欢喜

夜色降临钟声悠悠
白昼离去而我逗留
（飞白译）

阿波利奈尔只活了三十八岁。他的每一任爱都掷地有声，却不多头并进。上一任了结了，再往下爱，算得上忠诚男。爱至1914年，遇到露易丝，昵称露露。诗人两眼炯炯，穷追不舍。露易丝乃著名飞行员，才离婚，也称伯爵夫人。刚开始，她不为所动。两个月后，阿波利奈尔应征入伍，开往里姆。一夜之间，写了两封情书三首恋诗。露露心头一软，跑到兵营附近，与诗人切肤一周，却不掩饰她对另一个男人的眷恋。在前线的头几个月，诗人几乎一天一信，封底附一首诗，好多写于战壕。

诗人如此袒露心迹："今天早上我曾说，我爱你，我昨日的邻居，现在写出来，倒少了局促。那日在老尼斯吃饭，我束手束脚，你鹿一般的美丽大眼睛让我手足无措，我不得不跑开，不然会立刻昏厥。"

通信许久后才发现，露露并不爱他，或者说，不像他期望的那样爱他。1915年3月，两人决定终止情人关系，继续做朋友。诗人这边已有后备。两个月前坐火车，阿波利奈尔认识了马德莱娜。美女在阿尔及利亚当老师，在女子高中教文学。两人大谈诗歌，越谈心越近，相互留了地址。

与露易丝了断后，阿波利奈尔开始给马德莱娜写信。开初循规蹈矩，彬彬有礼。马德莱娜回应热切，诗人速奔直露，交往两个月，相互吐真情。利用换防的空隙，诗人去奥朗与马德莱娜度过两周。回来后，在信里订了婚。1916年3月17日，四周宁静，诗人在壕沟读文学杂志，突然爆响，一片弹片击中他的太阳穴。诗坛震动。他被运回巴黎做了开颅手术，美护士雅克琳娜悉心照顾。在生死的拉扯中，诗人移了情，逐步疏远马德莱娜，末了去信说：我头部受损，可能变傻，或许瘫痪，你另外生活吧。

未婚妻要来探望，他断然拒绝。

在雅克琳娜的精心护理下，阿波利奈尔基本恢复正常，又拿起笔勤奋耕耘。七个月后，《蒂雷西亚的乳房》登上舞台，被视为超现实主义的开端。至年底，一百多位著名艺术家在巴黎奥尔良宫为他举办纪念晚宴，轰动巴黎。来年又出《灵光集》。1918年初，由毕加索做证，阿波利奈尔与雅克琳娜结了婚。两人租一处带院的屋，蓝天白云，时日温馨。不承想，一场西班牙流感突如其来，诗人肺部受损，一命呜呼，葬于拉雪兹公墓86区。

从阿波利奈尔那儿，露露得到220封信、76首诗。1947年，她在瑞士出版阿波利奈尔的诗集，取名《我爱的影》，遭到雅克琳娜强烈抗议，再版，改成《写给露露的诗》。八年后又出《阿波利奈尔致露露的信》，雅克琳娜愤然起诉，法院责令毁版。马德莱娜一直没结婚，1965年去世。拗不过书商，她大幅删减，以《柔如回忆》为题，出版阿波利奈尔的书信。直到2005年，伽利玛才原味出了《阿波利奈尔致马德莱娜的信》，其中有许多色情诗，如《你身体的九个门》。其余遗作皆由雅克琳娜整理出版。

洛朗森活到七十三岁，1956年去世。她结过一次婚，婚姻只持续了五年。下葬时，她身穿白裙，手握玫瑰，胸前放着阿波利奈尔写给她的情诗。无独有偶，阿波利奈尔住院后，朋友把洛朗森为他作的画挂在其病房的墙上，即著名的《阿波利奈尔与他的朋友们》。在这幅画下，诗人魂归离恨天。在《诀别》中，阿波利奈尔写道：

秋天已过，你可记得

此生我们难再见

时节余香，这欧石楠

你可记得，我等着你

　　洛朗森安葬完后，大家突然发现，她住88区，阿波利奈尔居86区，两墓之间距离不到50米。此乃实景，也是诗。

象形与图文诗

咖啡馆位于长江边，傍一元路，名爱丽宫。九十年前，一位法国诗人在这儿喝过奶咖啡，他也是外交官，叫克洛代尔。那时他登上二楼，落居景泰宾馆。白云悠悠，江面宽，开窗但见黄鹤楼。诗人欣然提笔，半年便写出《认识东方》三分之二的篇幅，武汉的酷热却负面了书中的某些意象，三处"烈暑难当"说的都是汉口。今儿店里人不多，绕半圈，我才发现一个弄笔的女孩，另有四五位在谈生意，高举的手机比砖头还大。在女孩的桌上，摆着一本书，细眼瞧，是阿波利奈尔的《图文诗》。我心头一颤，因为自己带了同一诗人的《醇酒集》。此二集如双胞胎，对法国现当代诗歌产生了重大影响。我犹豫几秒，落座女孩对面，点一杯拿铁，读会儿书，写几笔。这次回汉，我肩负一项使命：三天后登船去三峡，以汉字为轴，给法国代表团做三场学术讲座，克洛代尔是我演说的一个要点。此刻我借故楼之情态，润几抹感性色彩，相当于田野研究。

大概写累了，女孩抬起头，凝视江对岸。我扫她一眼，暗叫一声："真美！"抿几口咖啡，我稳住心态，再做三次深呼吸。女孩随来一瞥，我微微一笑，高高举起《醇酒集》。对方定眼看，绽出两酒窝。我操法语搭讪："Enchanté mademoiselle, mon cœur saute comme une flamme renversée."（很高兴见到你，我跳动的心宛若一朵颠倒的火焰。）此乃《图文诗》中的名句，最后刻在诗人的石棺上。为了献殷勤，我做了一点手脚。女孩欢快回复："你喝的这杯咖啡，苦得像我的命，我喝掉的命，比这咖啡还苦。"这几句引自《醇酒集》，女孩也做了手脚，用咖啡取代烧酒，以苦代烫，人称变了一处。我兴上加奋，随口探问："可以近距离讨论吗？"女孩朗答："远离北坡，热烈欢迎。"头一句有点怪，我没细究，拿起家当挪过去。面对面交谈更亲切，虽然未触膝。须臾得知，女孩在武大法语系读硕士，论文题目是《象形与图文诗》，以阿波利奈尔为基点，研究名与实的交合，兼及克洛代尔、米肖、蓬热（Francis Ponge），皆为二十世纪的著名诗人。针对游轮上的讲座，我提出几个问题，女孩梳理片刻，娓娓道来。

　　近一百多年，寻找失去的伊甸园是很多法国诗人的梦，在语言上，则表现为设法密切符号与所指物之间的关系，也叫返璞归真。索绪尔率先发现，论名实连带，拼音文字随意而约定俗成。法语中的soleil（太阳）与太阳缺乏实据关联，最初若用它指地球，地球也可叫soleil。汉语则不同，"日"与太阳象形，六书中的会意又诗化丰富了名实交往。于其中，法国诗人窥见一条返回伊甸园的路。克洛代尔更上一层楼，在法语中也找到几个象形词，比如Locomotive（机车，火车头），它有三个轮子（o），t状如烟囱，i上飘一团烟，那是内燃机火车头。蓬热写桌子（Table），第一个字母总大写，因为T像独脚圆桌的侧面图。在《牡蛎》一文里，作者特意分三段，一二均等，偏长，像两片贝壳之形，末尾的短句状偶尔可见的珍珠。最后喊出一句响

亮口号，《采取事物的立场》，削去作家过度的多情。米肖重
神似，向往汉语组句的广阔空间，晚年的诗多用名词句，试举
《时刻》：

> 平面　低谷　小溪
> 阴坡　白羊　高塔
> 沉寂
> 光明　片域
> 这便是道，我依附她

诗颇有马致远"枯藤老树昏鸦，
小桥流水人家"的意韵。相对于法国诗
人，米肖对《道德经》的理解最深，
他热恋中华文明，钟情京剧，多次妙
解汉字。阿波利奈尔更实在，把诗文
排成不同的图案，常见的有鸽子、喷
泉、戴帽美女、埃菲尔铁塔等。表里
最如一的，是上文举的火焰诗，作者
将Mon coeur comme une flamme renversée
（我的心宛若一朵颠倒的火焰）排成

阿波利奈尔的图文诗《心》

一个心形，也像倒过来的火苗。如此经营，难能可贵，有多好
似乎说不上，毕竟象形不是拼音文字的特长。系统取消诗中
的标点却是阿波利奈尔的一大贡献，虽然第一个吃螃蟹的是
马拉美。一路讲来，女孩声音清丽，胸脯起伏，目光如炬，我
真诚敬佩，响亮鼓掌。美女欢欢一笑，喝口橙汁，锦上再添一
朵更美的花：在中法文字之间，我最近又有一大发现。汉语的

"月"是个象形字，《说文》称为太阴，或曰阴极。"月"去两条腿却是"日"，阴阳同体。这等交合也隐于法国的 lune（月）之中。法语表阴阳性主要靠冠词，阳性用 le 和 un，阴性用 la 和 une，外加词尾字母 e，例如 Je suis content（男：我高兴），Je suis contente（女：我高兴）。La lune 也可称太阴，因为法语的三大阴性标志都聚在这一词中，有定冠词 la，不定冠词 une 和阴性符标 e。阴中又含阳，lune 抽出中间两字母，可重组 le 和 un，两个法语阳性冠词都在，堪称上阳。中法之间的深层共鸣由此可见一斑。

我脱口高赞："高高高，妙妙妙，盘古开天地，这是原始创新！"暗中欣喜：船上的讲座会更精彩。又自警：讲到绝妙之处，一定点明来处。女孩笑得像马兰花。为了自显，我补充两点。最早关注拼音象形潜力的作家是雨果，他在《游记》中写道："字母 Y 景观缤纷意味深长。树是一个 Y，公路交叉是个 Y，两江合流是个 Y，牛羊头顶 Y，高脚杯如 Y，百合花像 Y，痛苦的人伸手祈求上帝张出一个 Y。社会、人群、世界都在这字母里，那是人类的源头。"这段话很可能受了汉字的启发。1867年，美女诗人朱迪特·戈蒂埃①出版法译汉诗《玉书》，附中文对照，送了一本给雨果。文豪回信说："读了你的译作，启迪多多。"在沃日广场的套房里，雨果布设了一间中国厅，墙上挂字画，有日有月，还有一个繁写的象。那是雨果接待贵客的场所，去的最多的是诗人高缇耶，他是朱迪特·戈蒂埃的爸爸。据说，朱迪特·戈蒂埃还与雨果有一腿。到了二十世纪中叶，诗人

---

① 朱迪特·戈蒂埃（1845—1917），法国女作家、翻译家，对中国文化情有独钟，翻译了中国古体诗词集《玉书》，并为自己取了中文名"俞蒂德"。

雷里斯匠心独运，像俄罗斯套娃一样，把A叠入MOUR中，喜得一系景象：恶性循环墙上的瓮中岩石嵌入双腿人形梯。（如右图）这便是"爱"（AMOUR）。此刻的象形已染上超现实主义色彩。接下来，雷里斯又与华人黄某合作，翻译了《道德经》，在我眼里，那是法国最好的译本。

Le roc dans l'urne dans le cercle vicieux dans le mur raviné dans la double ÉCHELLE.

雷里斯的图文诗《爱》

　　女孩激动起来，连连说我提供的信息极其珍贵，为她写论文打开了一扇新窗口。我大受鼓舞，急忙给出出处，又推荐两本参考书。某一刻，女孩含情看着我，脉脉说："武汉大学与法国合办了博士班，门槛有点高，得到奖学金可去巴黎留学三年，值得一搏，若有兴趣你去问一问，希望几个月后我们在珞珈山见。"我一个劲点头，热眼对视，发现女孩右鼻翼旁长了一颗痣，神态与我武汉外校的女同桌有点相似。太阳向西坠，江面拉响长长的汽笛，女孩看看表，惊叫起来："哎呀呀，今儿来听一个重要讲座，和你一谈，全忘掉了，已经开始了一刻钟，就在隔壁，我得赶过去。"待女孩急急说了再见，我才记起，还不知道她叫什么名字。正要喊，人醒了，原来是一场梦。梦里的场景却高度清晰、真切。两人的对话基本出自我刚写的一篇论文，讲座确凿，咖啡馆就在我父母住地的附近，我常去。"中法日月说"却是天赐妙语，我拿出笔本，认真记下。翌日上午，我打电话咨询，武汉大学果真办了中法博士班，第三届已启动，我立马去实地报了名。面试安排在半个月后，据说很严，主考官是法国知名教授勒瓦阳。谢天谢地谢长江，后天登上游轮，我可与法国贵宾说一周法语，这将是最佳备考。团里还有两位文学大咖，一位叫索莱尔斯[①]，另一位叫克里斯蒂娃[②]。

---

① 菲利普·索莱尔斯（1936—　　），法国小说家、评论家、思想家，"原样派"代表人物，著有《天堂》《女人们》《秘密》等。
② 朱丽娅·克里斯蒂娃（1914—　　），法国心理分析学家、女性主义批评家，代表作有《符号学》《关于中国女人》等。

娜　嘉

　　1926年10月4日下午，天空灰蒙，诗人布勒东（André Breton）满脸沮丧，在街头东游西逛。突然间，发现一位年轻美女。她衣着寒碜，脸妆怪异，眼睛大大的，面含微笑，在人流中昂头倒走。诗人上前搭讪，两人聊起来，陌生里带几许亲切。美女住在巴黎，叫娜嘉，"在俄语里，那是希望的头两个音节"。分手时布勒东探问："你是做什么的？"娜嘉答："我是游魂。"翌日又见，诗人给她带了几本自己的书。见第三面，娜嘉对诗人说："对于我，你有一种力量，能让我随你而想，做你想让我做的事。常常，实效强过动机，记住了，别打我的歪主意。"

　　娜嘉还小心翼翼地透露，她有一个女儿，私生的，现由外婆照管。又告白，她从海牙贩运毒品，在巴黎被抓，关了半天，G法官出面，才放了她。尔后她经常收到G法官饱含热泪、哀怨连绵、既夸张又好笑的信，他还不时寄几首抄自缪塞的诗。布勒东反省：我不爱娜嘉，见不到她，为何又惆怅？再往后两人四处闲游，一路瞧见许多穿着古怪、行为离奇的人。某酒鬼唠唠叨叨，前言不搭后语，反复骂一句下流话；另一个要带他去有门牌的某街道；老乞丐兜售与法国历史相关的图片；服务生见了娜嘉笨手笨脚，某些男人与她打招呼时便心照不宣。

　　10月10日，娜嘉请布勒东为她写一部书。"别说不，一切都会变弱，一切都会消失，我们之间应该留点什么。"两天后，娜嘉送来一幅画，上有一颗黑星、五只白角、一副面具，两物之间用虚线连接，中间也用虚线串连起一颗心，右边画个钱包，其上写着四个字：等，欲，爱，钱。布勒东决定，把娜嘉带出巴黎，两人在圣拉扎尔站上车，凌晨一点到昂拉伊，去宾馆开了房。在1963年的修订版中，作者删去宾馆的名称，仿佛想隐去"肉体的合欢"。不远处又写道："清晨，我看到她大眼睁开，注目这个世界，刚刚分辨得出希望之翅的扑打声与恐惧声。烟熏雨飘，如梦如幻。"几个月后，娜嘉精神失常，进了疯人院。

布勒东手绘的娜嘉像

　　以上是布勒东的代表作《娜嘉》的故事梗概，主要发生在第二章，头一章写作者与艾吕雅[1]交往、接待名家、看戏等活动。"都是亲身经历，皆为未经艺术加工的鲜活日常，也可叫生活笔录。"当今称之为非虚构写作。书中还配了几十幅真人实景照。作者反复强调："许多人以为作家可以凭空创造鲜活映真的人物，那是虚妄。最好让生活自己去说话。"两章修改满意后，布勒东将作品拿到西哈诺咖啡

---

① 保尔·艾吕雅（1895—1952），法国超现实主义诗人，著有诗集《公共的玫瑰》《和平咏》等。

写作中的布勒东

厅，那儿是超现实主义聚会的场所。他全文朗读《娜嘉》，赞语占了上风。作家拜尔勒也来了，还带来了美丽的情人苏珊。苏珊却与布勒东一见钟情。才过三天，两人联袂离开巴黎，去南方风流半个月。几拉几扯，苏珊最后还是嫁给了拜尔勒。

返回巴黎后，布勒东以你相称，激情满怀地为苏珊写了第三章。"因为有了你，我的文字才有意义。"与超现实主义的"疯狂爱情"相吻合。《娜嘉》以"我是谁"开头，末尾写道："美将痉挛，否则算不上美。"1963年再版时，作者加一篇前言，添几幅照片，修改了三百处。我觉得，若只留第二章，再添十来页，这部小说会更出色。若作品没有限度，则难以超越现实。主角娜嘉确有其人，本名叫蕾欧娜，1902年5月23日生于里尔郊区。父亲游销木材，母亲是工人。十八岁那年，蕾欧娜产下一女，女儿父亲可能是一个英国军官。她不愿以结婚遮丑，父母便建议她去巴黎。于是她拿一笔钱托好友当监护人，由其妻看管幼儿。蕾欧娜租一小套间，先当售货员，后跑龙套，再做舞女。

遇见布勒东后，两人交往了九天。10月13日后，诗人又见了蕾欧娜几次。相互约定，各自写出九天的经历。看了布勒东的初稿，蕾欧娜愤愤说："把我们写得这么坏，你还喘得过气来？大概是因为头脑发烧，或天气太恶，你才这样焦虑，这等不公道。你把我歪曲成这样，我看了怎能不气，怎能不哭！"对方写的，布勒东也不满意，嫌太婆婆妈妈。白驹过隙，蕾欧娜在精神病院住到1941年，最后死于恶病质。

1928年，《娜嘉》出版，褒贬不一。时间却给了高美定论，千禧年大排名，《娜嘉》入选法国五十部最佳小说，位置居中，国际声望高于国内。接下来，说说《娜嘉》何处超了现实。先看布勒东的定义："超现实主义，名词，纯粹的精神自动主义，借助它，以口头或文字或其他方式去表达思想的过程。它是思想的笔录，不受理性控制，不依赖任何美学，不受道德的约束。"拉开说，该派依托弗洛伊德学说，反逻辑，破理性，突显本能，注重原始冲动，大写梦幻，串通潜意识，努力展现人类心理深层的形象世界，具体手法有自动写作、梦幻记录、词语巧碰、意象偶合等。首领为布勒东，核心成员有阿拉贡①、艾吕雅、苏波②。众多作家从中得到启发，对绘画、音乐、电影也产生了重大影响。继浪漫主义之后，这一派堪称人类的又一场思想解放运动。

体现在《娜嘉》之中的超现实主义特征，即扑朔迷离地飘

---

① 路易·阿拉贡（1897—1982），法国诗人、作家，早期投身达达主义运动，后转向超现实主义，代表作有《断肠集》《受难周》等。
② 菲利普·苏波（1897—1990），法国诗人、小说家，与布勒东一起发起了超现实主义运动。

游，一系列的偶然、随机、巧合，如诗如幻，如坠云里梦中。写到此处，已到九点。歇片刻，我要给研究生上课去。今天主讲格拉克的《阿尔戈古堡》中的神秘一吻，布勒东称之为"超现实主义的华章"。临下课，我让学生做了一个超现实主义作家热衷的碰词游戏，得到以下长句："麻麻雨，蓝蓝的，布勒东秀光头，在跳蚤怀里煮诗，手机滑入六维。"超现实主义诗歌大抵长这模样。

朗松的方法

朗松

三十七年前，我第一次去巴黎，大伙都说，我读的索邦大学是法国的学术重地，也称巴黎四大，主体方法来自居斯塔夫·朗松（Gustave Lanson）。课堂上，老师多次提到这位非凡教授。我倏然郑重，专门查资料，又读了他的两三本书，由衷敬佩。1876年，朗松以全国第三的名次考入巴黎高师，八年后，获法国文学博士和教师资格证。他先在中学教书，再去索邦做教授，故于1934年。朗松上课时座无虚席，连窗外都站满人。其《法国文学史》鹤立鸡群，至今仍是文科必读书。大教授糅合文史哲，创立朗松批评方法论，雄立索邦，模定了法国的传统学术。他将自己的方法归纳为六句话，句句精到，被称为写硕博论文的"葵花宝典"。

第一句，确立书目（constituer une bibliographie）。在法国攻读文学博士，论文题目注册后，要做的第一件事，是列出文献目录。我研究诗人米肖，首先要详解该作家一生发表了哪些作品。关于他，别人写了哪些书，发了哪些文章。权威目录有三套，其一为批评书目，做得特别细，除了出版年月和出版社，还标了书的开本、页数。另外还有点名各篇来源的结集，以及附有简介的学术专著目录。我三套都读，相互补充，最后合成自己的研究文本，法语里叫corpus。然后去买书，收集资料。就我所研究的作家而言，伽利玛的七星版为首选，因为这一版收录齐全，使用方便，还交代了成书过程，列出作品中的各类变体，且主编都是相关领域的权威。法国学者最引以为豪的一件事就是：毕业于巴黎高师，主编了某某作家的七星版丛书。也有一个小缺陷，价格比较贵。我买三卷本的《米肖全集》，花了232欧，约2000元人民币。

　　第二句，找出日期（chercher une date）。一般说来，确定作品发表的年月大致可理出作家的思想脉络，研究时代与作者的关系可阐明作品的许多暗点。但不能绝对化。朗松之所以反对泰纳①的三元决定论，正是因为它走了极端。

　　第三句，比较不同版本（confronter les éditions）。此刻以米肖解说，或许更明透。二十世纪三十年代，米肖来到向往已久的中国，找寻心灵故乡，心旷神怡地游了一个半月。1933年出版《一个野蛮人在亚洲》，二分之一写印度，四分之一写中国。步入九州大地，诗人感觉奇好，诗意蓬勃。见人用筷子，欣欣说：中国人完全可以发明刀叉，但他们不屑，使筷子更需技巧，不巧做不了中国人。看到小商贩一头挑火炉锅具，一头挑沉睡的幼儿，米肖诗兴大发：此乃游动的平衡，孔子在搞中

---

① 泰纳（1828—1893），法国文艺理论家、史学家，孔德实证主义哲学的继承者之一，认为世界观与创作是由种族、环境、时代三个因素决定的。

庸之道。尔后大赞老子，颂扬戏曲，欢谈汉字。三十三年后，却爆发革命运动，诗人参观过的许多庙宇被烧，众多古迹遭毁，戾象遍地，灾难蜂拥。米肖痛心疾首，猛然发现，当年写中国，他太钟情文化，忽略了政治这一影响中国的首要因素。但书的主调已定，无法修改，只得另做手脚。在1967年的新版中，米肖增添一篇长序，追加十来条注释，部分修改了他对中国的看法。研究米肖与中国的关系，必须对照两个版本。只取其一，结论与事实将背道而驰。

第四句，立足代表作（tirer parti d'un chef-d'œuvre）。这是经典句，价值最高。在法国做论文，题目宜小忌大，最好以点带面，从小见大。取一个据点，可用于其他作品，收放更自如。犹如航空母舰，四周有护卫，飞机到处飞，一声令下，又能整齐归位。却要分清主次，安排好轻重缓急。

第五句，找出源头（trouver une source）。德里达说，作品总有前人的痕迹，再独特的作家都会承上启下。找出谁影响了他，瞧清他影响了谁，许多暗点便会须臾明朗。朗松又提醒，追踪继承性，莫忘各自的变异，那是独特处。写论文贵在比较，忌讳单谈一人。将某一作家的前期与后期比一比，将他与影响他的作家比一比，再比一比受他影响的下家，依托文本问几个为什么，看看何以变异，一篇优秀论文就出来了。

第六句，分清一个流派的不同源点（débrouiller les origines d'un mouvement）。或曰，研究作家与某个文学流派的关系。成功的秘诀，在于从总体推向个体，或者说，在总体中找出个体。一如贾平凹所说：写作就是还原四字成语。在这个点上，我们往往归纳太多，综合过剩，在划别流派上有较大差异。以现实主义为例，法国说现实主义，首推福楼拜，我们则高举巴尔扎克，还冠以"批判"二字。朗松解析巴尔扎克，将他放在现实和浪漫之间，更切实。种种差异源于对现实主义的不同定义，我们取了恩格斯的说法，强调通过典型人物、典型环境，反映生活的本质。加一典型，便于简洁，有助升华。也扩大了造假的空间。一旦犯事，便于控制。说到底，是堂皇的虚伪，皮笑肉不笑。

　　法国对现实主义的定义是：1. 描写真实的人与事，如实再现生活，表现其丰富性和日常多面性。2. 仔细观察。3. 讲求精准，翔实资料，优选亲身经历，关注社会新闻，还原历史。4. 追求客观，隐去主体。5. 注重形式完美，精雕细琢。如此界定，具体明朗，易于落实，便于研究。朗松又提醒：落于文本，许多作家往往游弋于几派之间，常常你中有我，我中有你；流派只是相对的归纳，夸大其重要性会抹杀作品的丰富性。后两句更精彩，领会了，将有效提高我们文学研究的质量。朗松已故九十年，但他的方法还活着，仍是做学问的根基。继承时，我们还要与时俱进，因人因景而异，借主题学、符号学、原型批评等方法，各取所长，为我所用。综合运用也是当今法国文学批评的一大趋势。

他在哪里

除了《圣经》，《小王子》是近十年全世界发行量最大的文学作品，作者是圣埃克絮佩里（Antoine de Saint-Exupéry）。1900年，他生于法国里昂。失踪三十年后，他走进了邮票，二十年后又印入50法郎纸钞，最后刻在了先贤祠的高墙上。遗体在哪儿，一直是个鲜活话题。1944年7月31日8点25分，已是少校的圣埃克絮佩里从科西嘉岛附近起飞，为盟军登陆绘地图。机上的燃料足够飞六小时，没有配火力，机型是P-38 Lightning。升空五分钟，飞机突然从雷达上消失。等到下午两点，人还没回，大家都知道凶多吉少。半年内，法国在那一带损失了三百多名飞行员。四年后军方才宣布：圣埃克絮佩里已为法国捐躯。遗体却不知所终。

1950年，一个在德国情报部门当过头目的牧师声称，那一天，有人向他报告，一架P-38 Lightning被德国战机击落，地点在马赛附近。因无佐证，公众对这番话都没在意。又过二十年，某杂志发表一篇文章，说德国飞行员罗贝尔在普罗旺斯上空击中一架P-38 Lightning。一周后，罗贝尔也丢了命。转了一圈，又传出，那篇文章是虚构的。撰稿人认识罗贝尔，酷爱《小王子》，尽情想象了一回，最后他还向读者道了歉。

到了二十世纪九十年代，海滨C城又传出一个版本。1944年7月31日，布代女士在院里过生日，看到一架飞机被击落，七八个小时后，海滩漂出一具士兵尸体，被好心人埋到了社区墓地。要想水落石出，必须开棺，并请作家的后人做DNA鉴别，但亲属们坚决反对。当地的老人又说，那个士兵穿的是德国军装。

真正有价值的信息出现在1998年。马赛的鱼老板比昂寇与副手用拖网从海里捞出一只银手环，上面刻有圣埃克絮佩里的名字和他在美国的地址，调查确认，那是妻子送他的礼物。两年后，在同一海域，潜水员发现了几块飞机残骸，具体地点在马赛里欧岛的东北面。2003年9月，飞机被打捞出来，经鉴定，是圣埃克絮佩里所驾的侦察机。依据电脑模拟，飞机是垂直栽下去的，死因有几种可能：身体不适，飞机

圣埃克絮佩里

故障，被击落。还有一个说法，自杀。出发前，大作家将一个装有手稿的箱子交给同伴，庄重说：万一我回不来，请把它交给我家人。这是他第八次执行任务，先前从未这般叮嘱过。头一天，他还给好友写了一封信：即便我栽下去，也没有任何遗憾，未来让我恐惧，本质上，我是一个园丁。

2008年，德国老飞行员里贝尔在《普罗旺斯报》上撰文，说那一天，他在马赛附近的海域上击落一架Lightning。原话如下：

我驾驶Rocke 190，在安纳西上空巡逻，转了几圈，一无所获。飞往地中海时，发现一个目标，敌机在我上方三千米。我迅速瞄准，连续发射，目标起火，栽入海里。我爱《小王子》，如果知道是他，我绝对不会开火。

这事儿也有疑点，战争结束后，里贝尔转业到新闻媒体，在一家报社当小头目，这么勾人的爆料，他先前为什么一直都不说？细究起来，圣埃克絮佩里之死还是个谜。遗体虽没着落，葬身之地却找到了，也是一幸。用《圣经》的话说，大作家已归于尘土，海底的土更洁净，那是园丁最理想的归属。

我要重读普鲁斯特

　　若问谁是法国最伟大的小说家，十有八九，法国读者会说是普鲁斯特（Marcel Proust），他的七卷本《追忆逝水年华》（简称《追忆》）隆起了法兰西小说的珠穆朗玛峰，一如我国的《红楼梦》。十六年前，法国作家大排名，普鲁斯特坐上第三把交椅。排第一的还是雨果，他更全面，既作诗，又写小说、剧本和文论，样样出类拔萃。普鲁斯特的主体成果只有那七本书，却峰峦叠嶂，曲隐妙曼，又饱含日常情怀，见长于内心感受，紧接下意识，更考验人类的心智。到如今，是否读了普鲁斯特成了法国人判别文化修养高低的一把标尺。瑞典文学院曾说，我们最大的遗憾是没有给普鲁斯特颁发诺贝尔文学奖。也怪不得几位老先生。大作家只活了五十一岁，1919年获龚古尔奖，三年后走进苍凉的拉雪兹公墓。《追忆》后三卷于作者去世五年后才出完。

　　法国人几乎都读过普鲁斯特，或一两册，或某个片段，最起码，在教材里打过照面。据2017年法国《读书》杂志的统计，完整读过七卷本的只有757人，包括我指导的两个巴黎博士。有感于此，德莱姆写了一篇短文，题为《我要重读普鲁斯特》，文中说："因未读而感到一大空缺，这是普鲁斯特所获的至高荣誉，独一无二。我看过一个有趣的电视节目，叫《普鲁斯特的读者》，这个名字很难用于其他作家，即使他们名气更大。问是否读过七卷本，大多数嘉宾回答：没有，我在等待一个脱忧去烦的专门时段。有的只尝过那块小蛋糕，却睁大眼，腼腆说，我要重读普鲁斯特。"我接触法国文学已有半个世纪，坦直说，只读了其中的一册，再零星加几章，直取精华，合计五百来页。我认为，已足够。书海无涯，人生有限，地球给每个人拉出了不同经纬。近几年，我更注重重读。最崇《道德经》，常读《红楼梦》，窃以为，就小说而言，这才是世界顶峰。法文书里，则主攻帕特里克·莫迪亚诺，在他的文脉里，我找到了自己的笔路。

《追忆》读来颇费劲，作者思绪连绵，落笔细腻，拐弯抹角，句中套句，甚至喋喋不休。一时睡不着，他可写五十多页，还意犹未尽，最长一句达四页半，创了吉尼斯纪录。对世界文学，普鲁斯特做了如下贡献：以文字表现人类心理活动，他走得最远，写得最细，依托通感，开创了著名的意识流。一声马蹄可响出某贵妇的立体沙龙；一杯茶一块小蛋糕唤出童年的多彩天地，那儿鸟语花香，钟声悠扬，外婆在雨中散步，溅了一身泥；又情景并茂地再现了巴黎三十年间绚烂的上流生活，刻画了两百多个鲜活的人物；还敢为人先，勇猛写同性恋。作者重点描写的地方，成了法国的著名景点，也是世界名胜。

往内里说，普鲁斯特患有严重哮喘，附高度神经质，拖累终身，却也成全了他的大作。1907年，他搬入奥斯曼大街102号，专心致志，拿命去写。这是一套豪华公寓，处于二楼，三房两客厅。大作家却在卧室弄墨。他怕风，畏花粉，窗帘长年紧闭，除了睡觉，房内始终亮灯。又怕声音，卧室铺满羊毛地毯，四壁镶软木。在此处，普鲁斯特住了十二年，写出《追忆》十分之九的篇幅。能如此折腾靠的是金钱。普鲁斯特家境优渥，一生不用上班。父母走后，给他留下一大笔遗产，吃利息便能富甲一方。除了女仆，他还雇了司机，买过飞机，晚餐常叫用人去昂贵的丽兹酒店端两个菜。写累了，去那儿喝个茶，会会文友，贴一贴同志。酒店一漂亮的瑞士男孩得了他不少钱，尔后却远走高飞，定居美国。巴尔扎克曾说，文学不养人，普鲁斯特却用钱养出七本奇书，绘出世界一景。

　　应好友小头之邀，我们一行五人在丽兹酒店普鲁斯特厅喝了一次下午茶。取最高档，每位95欧，两位茶姐定向服务，说起普鲁斯特，她们个个像专家。最靓丽的还是大作家当年喝的那杯茶，以及名叫"玛德琳娜"的小蛋糕，有五六个品种。收银别具一格，账单夹在一本精装书里，名为《在花季少女倩影下》，是《追忆》的第二部。该作获龚古尔奖后，普鲁斯特在丽兹酒店举办了一场欢庆宴，昌耀巴黎文坛。那日，我们待了两小时，从茶姐那儿获取了众多普氏秘密，比如，大作家最喜欢吃丽兹的烧鸡和冰激凌，还有他临死前说得最清晰的一句话是：我终于画了一个句号。离开茶厅时，小头送我们一人一套七星版的《追忆》。团队一成员激动说：感激谢总，我要重读普鲁斯特。

写作中的普鲁斯特

你们为什么选罗曼·罗兰

2014年，为纪念中法建交五十周年，两国文化界举办了一项重要活动，各选十本影响最大的书。经投票，中方选出以下十本：《论法的精神》（孟德斯鸠）、《社会契约论》（卢梭）、《悲惨世界》（雨果）、《红与黑》（司汤达）、《茶花女》（小仲马）、《高老头》（巴尔扎克）、《约翰·克利斯朵夫》（罗曼·罗兰）、《小王子》（圣埃克絮佩里）、《基督山伯爵》（大仲马）、《旧制度与大革命》（托克维尔）。那时我在巴黎讲学，许多法国朋友不解：你们为什么要选罗曼·罗兰（Romain Rolland）？在法国，他已过时，虽然得了诺奖，但那部长篇早被忘到脑后。问我的人大多是文科教授。我思索许久，查阅资料，找到了三个理由。

第一，《约翰·克利斯朵夫》由傅雷翻译，在国内法语界，傅雷是最佳翻译家，入选的《高老头》也是他译的。作者译者之间，还有切合点。两人都主攻艺术，罗兰在索邦教音乐史，辅以绘画理论。傅雷在上海美术专科学校（现南京艺术学院）授美术史课，音乐造诣高深，将儿子傅聪培养成世界级的钢琴家。这部长篇，傅雷译得极其认真。1937年，译作在商务印书馆出版，十六年后，傅雷几近重译，由上海平明出版社出第二版。2008年，武汉举办傅雷百年诞辰座谈会，我见到了傅雷的小儿傅敏。交谈许久，得知在两版之间，傅雷对原稿修改了六次，译作堪称我国近百年最精到的译品。许多地方，译文超过了原文，化出新境界。

第二，"文革"时期，许多中外名作被禁。《约翰·克利斯朵夫》宣扬个人主义，成为批判的重点，被刻上"供批判使用"字样，却有幸四处走八方游。那时候，我们最稀罕供批判用的书，拿到手，本本是精华。我曾谋到两本，《增广贤文》和《水浒传》，连读带背，受益终身。当时批判《水浒传》，主要骂宋江架空晁盖，篡他的权。岁月凶蛮，烈日炎炎，供批判用的《约翰·克利斯朵夫》如沙漠里的一碗水，狂渴时读得，记忆尤深。评选十本影响最大的书时，投票者大多为中老年知识分子，都经历了十年浩劫。我也投了票，十个作者我都挑对了，只是最后一部，我选了托克维尔的《美国的民主》。

第三，改革开放后，潘晓①引发一场大讨论，中心议题是如何实现个体价值。《约翰·克利斯朵夫》宣扬个人奋斗和英雄主义，切合了我们的精神追求。其人道主义又连通我们后来提出的伟大口号"以人为本"。一拍即合，再拍又合，我们只会喜上加欢。

《约翰·克利斯朵夫》全书约120万字，在法国被称为"长河小说"，曾轰动一时。渐渐地，读者发现，除了个人奋斗，故事背后的含藏并不怎么丰厚，手法也比较老套，没有跳出巴尔扎克的圈圈。随后又出现了普鲁斯特的《追忆逝水年华》，

① 1980年，《中国青年》发表了一篇署名为"潘晓"的来信《人生的路呵，怎么越走越窄》。来信发表后，引发了全国青年的大讨论。"潘晓"实则是由黄晓菊和潘祎两个青年的名字合成的。

马丁·杜卡尔的《蒂博一家》，都是长河小说。最长的是儒尔·罗曼的《好心人》，共27卷。1937年，《蒂博一家》获诺贝尔文学奖，《追忆逝水年华》隆起法国长篇小说的珠穆朗玛峰。双灯闪亮，暗淡了《约翰·克利斯朵夫》。《好心人》也不咋样，退场时顺手拉了罗曼·罗兰一把，两个罗曼一起走向历史的角落。

半个多世纪以来，电脑、电视、飞机、高铁拓宽了我们的眼界，缩短了地球距离，加快了生活节奏。网络与手机裨益了碎片阅读，长河小说音弱式微。法国人喜爱的名作几乎都在20万字以内。最俏的《局外人》才7万多字，杜拉斯的《情人》翻成中文仅5万多字。读《约翰·克利斯朵夫》的人又少去许多。如此说，并非否定罗曼·罗兰。西方不亮东方亮，墙内开花墙外香，中国人爱读，不管出自何种境况，都是《约翰·克利斯朵夫》的价值体现，况且我们读者的数量超过法国十几倍，文化传统悠久。再往别处说，文学常常三十年河东三十年河西，几十年后，或许法国人又会重新器重这部巨作。一如维庸，几起几落，最后成为法国人眼中最杰出的中世纪诗人。

罗曼·罗兰

天　恩

　　二十世纪七十年代末，我大三，在川外学法语。改革破坚冰，学校请来一位女外教，籍瑞士，叫玛丽。外教四十多岁，温和靓丽，热恋文学，鞠躬尽瘁，有口皆碑。头半年，她住重庆大礼堂，有专车接送，待遇高过校长。在校内，又为她置设一间宽大办公室。外教随行带了五千册法语书，我们称为"及时洋雨"，图书可自由借阅，每人限借两本，玛丽忙得团团转，脸上却总带笑。我们读一本书，仿佛她获一枚珍宝。我学过六年法语，进校跳一级，酷爱文学。仿照波德莱尔，我用法语作了三首散文诗，其一写道："雄鹰画薄云，池塘积极呼应。阳光加一缕，飞起百余蜻蜓。荷花早已反目，希望硕如莲藕。大红淡去，冷色增彩。相望三不厌，一碧江水向东流。"玛丽看过双目闪烁，惊叫道：写得好，真好，没想到，你是诗人。我自谦几句，悄然离去，脸皮扩张了好几天，那是我第一次得到国际认可。

　　第三日下午，玛丽把我叫到办公室，和蔼探问：

　　"能帮我做点事吗？"

　　"啥事？"

　　"当图书管理员。"

我瞳孔放大，连声道：愿意，愿意，我心甘情愿。话音刚落，玛丽递过一串钥匙，吩咐说：以后借还书，你负责，办公室也归你管。她随手打开橱柜，预警交代：除了奶酪，这里所有食物你随便吃，吃完了我买；奶酪从瑞士寄来，很难买到，动它必须打报告。顿一会儿又问：你吃过奶酪吗？我答：没有。可想尝一口？我直点头。外教切一块罗克福，我接过，往嘴里一丢，猛嚼。哎呀，真臭，还是羊膻味，我的最怕。一时间我五脏翻江，六腑倒海。我跑向盥洗池，"哇"一声，把午饭全吐了。玛丽欢叫：太好了，太好了，我不用提防你了。

随后的日子，阳光灿烂。第一本书，我随意从架上抽出，题为《田园交响曲》，是纪德的小说，不厚。看封底文案，居然是浓情烈爱：某牧师收养了一个美丽蒙昧的盲女，用心教育，全力开化，渐渐爱上她，盲女复明后，悲剧发生了。我翻了翻开头，惊喜读到几行熟悉文字："湖中流出一条小溪，截断森林的末端。马车先是沿溪边路行驶，继而绕过一片泥沼。可以肯定，此地我未来过……"这一段在原版教材第六单元出现过，三年前下放农村时，我给鸭倌老杨翻译过。跟随他，我通读《史记》，串走两遍中国史，背了三十多首唐诗宋词。随后的高考改变了我的命运，当时的大学生被看作天之骄子。从玛丽那儿，我又得知：为这部六万来字的小长篇，纪德构思了二十五年，因这本书，作者在1946年获得诺贝尔文学奖。我很兴奋：第一回读完整版原著，起点就这么高，还串合一段命脉岁月。隐隐觉得，这是天恩。

我的欢欣也物质。玛丽每月给我买三把挂面、三斤鸡蛋、一瓶麻油，作料一应俱全，有电炉，随时可做香油鸡蛋面。四十多年前，这些都是紧俏美食，相当于现在澳大利亚产的大龙虾。我得意不忘形，主体依旧吃食堂，隔三岔五自欢一碗，或邀一二好友打个牙祭，美女居多。外教给我的配额，我常常只用三分之二，感觉已很富足。那时，传说重庆市市长的月酬才280元，教授150元，而玛丽每月拿1200元。在瑞士，她还有存款和股份，随手拔一根汗毛，比我们大腿还粗。感谢改革开放，感谢邓小平，如今，本地教授的工资比外教高出两三倍。中国那三十年的变化是人类发展的一大奇迹。

午饭后，我几乎天天与外教碰头，不停说法语，有问题便及时请教，因此学业锐进，口语月新。图书管理我也尽心尽力，反响良好，到了期末，玛丽意外给了我200元劳务费。那可是一笔巨款，相当于当下的25000元。我惊愕一刻钟，推拒二十秒，收下后失眠三夜。周末去沙坪坝铺张吃一顿，才花2.6元。再出37元买一套靓装，感觉比香港明星还帅。那套衣服，是我买布做的，上黄下蓝，十分亮丽。为了当日取件，我在区礼堂看了一场电影，去书店阅览两小时，买了三部词典。足食又丰衣，我更注重形而之上。一得空，便躲进书屋读原版。入了迷，经常旷课。看过《田园交响曲》，又读《小王子》《局外人》《文字生涯》《恶心》《夜航》《等待戈多》《包法利夫人》《红与黑》等。末尾发现米肖，昏天黑地般读了几个月。七年后赴巴黎读博士，我专门研究此诗人，算是当年埋下的一伏笔。

与原版书相配，我每周去阅览室待三四个下午，依托《收获》《十月》《作品争鸣》等杂志，熟读中国当代文学。从《班主任》《乔厂长上任记》，一直读到《受戒》《孩子王》《一地鸡毛》。曾"敲诈"我的老耿几次撞见，真诚鼓励：你娃儿有追求，走的正道，要做大，必须左右开弓，《红岩》里，双枪老太婆最威武。我备受鼓舞，又订《小说月报》，系统购买茅盾文学奖获奖小说。中国古代作家中，我最爱苏东坡。在三苏祠隔壁，我曾租一套房，住了一个月。除诗词散文外，我还啃了三部东坡传。苏家吃水的那口井，我瞻仰六遍，有一次看了两小时。读到最后，仿佛回到宋朝。玛丽也爱苏东坡，更酷的是，由我协助，她翻译了《念奴娇·赤壁怀古》等五个名篇，发表在洛桑的一家小报上。

　　沉入书海，更觉时间宝贵，我开始偷懒，把借阅时间减为每周两次。又搬来卧具，挑灯夜战。在那间办公室，我前后窝了五年。合起来，小说读了70多部，文化类读物50来本，断章拾英300多册，得概要700余本，略知一二的接近2000册。后两项沾了书管员的光，每次收书，我都要看看封底，随口问一句：有何动人处？同学便眉飞色舞，娓娓道来。川外近千名法语学生，大多数给我上过课，当过我的老师。当时的狂读出于喜爱，持于兴趣，不带功利，日后做了文学教师，才发现，那是一笔珍贵财富，所读的中国文学也帮了我大忙。海风魅惑，玛丽后来去了厦门大学，临走前送给我250部法文小说。每一本她都亲自盖章编号，包蓝皮，写书名，最后郑重告知：书归你，若同学要借，你不能拒绝。我郑重承诺，继续当书管员。八年前，玛丽安息于洛桑，她的书还在同学们之间传阅。那是师生情，也是文明的火把。

加缪鲜为人知的几件事

可以说，加缪（Albert Camus）是法国二十世纪最著名的小说家，因为，他的《局外人》被外译最多，总体发行量最大。介研加缪的篇幅太多，此刻我或正或反，说他几件鲜为人知的事儿。

首先话爱情。加缪一生结了两次婚，已曝光的，就有四个情人。情人高度国际化，分别来自西班牙、英国、美国、丹麦。第一任妻子是一位女演员，阿尔及尔人，叫西莫纳，沉鱼落雁，是从好友夫塞怀里夺过来的。夫塞也是作家，名声局限于阿尔及利亚。美妻却不是省油的灯，她吸毒，交友杂，经常给丈夫戴绿帽子，毒瘾发作时，啥都顾不上。一年后，两人分离。回顾这段历程，加缪苦苦写道：我想结婚，我想自杀，或者订一份《扬名》，那是绝望之举，此外还能怎么说？

第二任妻子叫弗朗西纳，加缪追了很久，磨得比较苦。两人携手走过红毯，娇妻尽心尽责，忠贞不贰，为他生了一儿一女。成了名的加缪却四处拈花惹草。最爱的是西班牙女郎玛丽娅，她是剧社翻译，近水楼台月儿圆，大作家称之为"独一无二"。热络之后，两人不遮不掩，加重了妻子的抑郁症。为这独一，弗朗西纳几次自杀，所幸都未遂。

　　随后说感恩。除了小学老师热尔曼、大学教授格勒尼耶，加缪还要感谢两个人。第一个是他舅舅阿寇。阿舅以卖肉为生，却高修养，迷恋伏尔泰，藏书丰厚。加缪定时去博览群书，开心交谈。加缪时常被接济，患了肺结核后，舅舅专门给他腾出一间房。第二个是安德烈·马尔罗，当时的高光作家，在伽利玛出版社任职，后来做了文化部部长。加缪热衷戏剧，写过剧本，当过演员，建过剧社，1940年从阿尔及利亚来法国，因改编《轻蔑时代》认识马尔罗。那日，加缪参加了一场《希望》的私人放映会，他的一句话勾住了高光作家。他说：你的《希望》，我看了八遍。两人从此变知交，书信频繁。《局外人》完稿后，马尔罗一字一句地读了两遍，赞不绝口。由他力荐，小说迅速在伽利玛出版，加缪一举成名。

　　最后话归宿。1957年，加缪获得诺贝尔文学奖，用那张一百万美元的支票，在法国东南部的鲁尔马兰买了一栋别墅，

加缪

开窗可见儿时的阳光，幸福了一家人。1960年1月4日，加缪搭朋友的跑车Facel Vega，从鲁尔马兰回巴黎，走六号国道。行至维勒布勒弯，Vega撞上一棵树，弹击到另一棵树，车体碎解，加缪与朋友当场死亡。朋友是著名出版家伽利玛的侄儿，也是名流。事发突然，举国哀伤。加缪安葬在鲁尔马兰的一个小村里，那是著名诗人热内·夏尔推荐的一角，静谧安美，纯如伊甸园。

据当时的媒体报道，他们的车开到了每小时180公里，两边飞奔而过的树引发了朋友的羊痫风，他头一晕，车儿出道。也有人说是因为车爆了胎。2011年，意大利学者加特里提出一个新解：加缪是被苏联人克格勃谋杀的，指使人是苏联的外交部部长什比洛夫。1957年3月，莫斯科残酷镇压布达佩斯民众起义，加缪在大报上点名谴责什比洛夫。法国作家艾田浦又为这一说法添盐加醋：几十年来，我冲破重重障碍，连续调查，有了确凿证据。那辆跑车是一具活棺材，有许多不可告人的勾当。可悲可气，没有一家媒体敢发表我的调查结果。

2009年，萨科齐总统想把加缪的遗体迁入先贤祠。加缪的女儿没吱声，儿子却坚决反对，他怕引起不良的政治回荡。六七十年前，在阿尔及利亚战争和苏联专制等问题上，加缪独树一帜，受到左右两边的攻击，历史却证明，他对了。一如马尔罗所说：加缪远见卓识，是一位追求自由、争取正义的伟大勇士。

沙漠遍地，爱是绿洲

　　那年去波尔多三大讲学，学生推荐一个特色项目：参观莫里亚克（François Mauriac）故居，游走"爱的沙漠"。我立刻报名，迅速交款。波尔多以"三M"闻名，即蒙田、孟德斯鸠、莫里亚克。论文学寿命，蒙田最长，还会更长。论对文明的贡献，孟德斯鸠最大，"三权分立"学说奠定了现代西方国家政治制度的基建模型。论奖项，莫里亚克最高。1952年，他获得了诺贝尔文学奖。秋色已浓，叶落诗飞，文学游那日，我提前赶到集合点，已来十七八人，绝大多数都白了头。只有一位美女，三十来岁，蓝眼金发，凹凸有致，鼻子翘翘的。我上前搭讪几句，立刻成为好友。也是缘分。美女叫克莱尔，在波尔多三大读博士，听过我讲座，喜爱《道德经》。

　　往下聊，我更兴奋。美女主攻莫里亚克，大作家每个月做了什么，她一清二楚，说起作品头头是道。女导游也不同凡响，莫氏小说她全读过，知其众多闲闻逸事。但见她，手拿文件夹，两眼闪烁，活力四射。人到齐，精彩开了场，我们热烈鼓掌，导游微笑摆摆手，继续往下讲："莫里亚克家里拥有大片耕地，占居几个庄园，属大资产阶级。只可惜，他两岁不到，父亲病故，家政由祖母主持。他有一个姐姐、三个哥哥，是母亲宠爱的幺儿。在大家庭中，他受过几次震荡。那一年，祖母还没断气，平时温文尔雅的后辈已开始摩拳擦掌，争着嚷着分遗产，稍有不合，便横眉怒眼，粗语相加。当了作家后，莫里亚克着力写资产阶级的虚伪，得罪不少亲朋好友。"

　　接下来，我们去老区看故居。在波尔多，莫里亚克待了二十二年，搬过三次家，三处居所都很宽绰。美中不足的是，这些房屋如今都住了人，我们只能瞧个外表。发现一个共同点：几处故居的外墙都比较黑，给人以阴沉感，老城区普遍发乌，这景观也涂就了莫氏作品的背景色。早在两百年前，孟德斯鸠便指出：北方勇敢，因为冷；南方狡猾，源于热。白色大度，黑色阴郁，黄色嫉妒，三色妙合可以出佳作。蒙田道：平原怀暗河，黑中闪色彩。离开故居，我们走向有轨车站，导游

莫里亚克在旧居前

一路串讲《爱的沙漠》。小说以回忆展开，起于巴黎，主场在波尔多。父亲叫保尔，行医，功成名就，收入丰厚。儿子叫雷蒙，读高三。两人的精神都是沙漠。玛丽亚最悲惨，死了丈夫，又失小儿，由某富人照护，是小城有名的二奶。

名医与妻子咫尺天涯，狂热爱上玛丽亚，却被婉言拒绝。只能加倍痛苦，翻层寂寞。推走保尔的当天，玛丽亚在有轨电车上遇见雷蒙，电闪雷鸣，两人相互吸引，都不回避对方凝视的目光。随后几周天天在同一车厢里见，尔后一起散步。与雷蒙约会成了玛丽亚最大的幸福，她欣赏少年的朝气，渴望他的精神之恋。富人远游时，玛丽亚把雷蒙请到家中，继续恋其精神，却折煞了热血少年，他只比玛丽亚小九岁。第三次去，少年克服胆怯，一搂抱住美女，玛丽亚笑着脱开。雷蒙感到奇耻大辱，愤然离去，扬言要报复。十七年一晃而过，在巴黎一酒吧，两人不期而遇，玛丽亚已做富人之妻。海面平稳，涛声依旧。导游说到激荡处，克莱尔轻轻抓住我的臂，我随手揽揽她的腰，相视会心一笑，都含情，风物加倍多娇。

故事讲完，我们已达二号线，等片刻，来了一趟车。大伙进入第三厢，那是雷蒙和玛丽亚初见的处所。行驶一段后，导游说："雷蒙是刚才上的车。"我戏侃："证据呢？"有轨车正好经过中心大教堂，那是波尔多的地标，如同北京的天安门。导游翻开文件夹，朗声读起来："上车两分钟，到了中心大教堂，有人举办婚礼，新娘的白纱格外醒目。正愣神，车到站，走上一位气质别特的绝色美女。那种媚，我一时找不到词句形容，只觉纯洁里裹满沧桑。我一阵慌乱，理理头发，鼓起勇气，抬头看着她……"

有轨电车拐个弯，导游关上文件夹，朗声提醒："各位拿好随身物品，车一停，我们下。"离站走五分钟，来到圣心医院。导游又读了几段相关文字，解释道："小说里写的医院以圣心医院为蓝本。莫里亚克的哥哥是医生，很有名，当年就在这儿工作，作家常来，对医院了如指掌。第七章的诊室就是那一间，你们看，窗外的栗树还在，只是鼓胀了几圈。"接下来，我们又参观了三个景位，都是书中的主要场景。最后一站去教堂，已跳出小说的框架。莫里亚克生于1885年，故于1970年。二十八岁那年，他在这座教堂里与让娜举行婚礼。十年间，妻子为他生了二儿二女。两儿后来都做了记者，兼作家，小有名气。2008年，幺女吕斯也出版了一部长篇小说。堪称笔墨之家。

也许懂得太多，从头到尾克莱尔一声不吭，我有问题，她立马精辟解答。午餐安排在河边的特色餐厅，我和美女坐一起。我问："对你来说，今天的节目意义不大吧？"克莱尔庄严回答："很大，做学问也需生命体验，许多东西看一眼，摸一摸，与当事人说几句，效果完全不一样。体验一上午，我论文的两个章节已有眉目。"我又问："就家庭关系而言，医生身上是否有作家的影子？"克莱尔笑笑说："人心莫测，高处不胜寒，作家走得那么远，孤独总难免。莫里亚克还有同性恋倾向，三十多岁时，他深情迷上一个瑞士外交官，对方也是作家。只不过，莫氏笃信基督教，克制力强，不会像兰波和魏尔伦那样由着性子来，在文字里发泄一通，却有利于内在平衡，这也是写作的重要功能。"我高声称赞，真诚敬佩，美女脸上开出一朵花，柔柔说："我不是玛丽亚，我是不寻短见的爱玛。"我会心一笑，意味深长道："沙漠已过，一同奔绿洲。"随即互留联系方式。又与左右闲谈一阵，文学游告结。分手时，都有一点依依不舍。

第二天中午，我给克莱尔打电话，请她吃中餐，美女立刻答应，还回我一句《爱的沙漠》里的话："我已对自己说定，三天内，他若不联系我，我们便各奔前程。"后面还有一句："他若来，我把一切都给他。"大音希声，我没有接小说的龙。餐馆就在我公寓附近，欢快吃过东坡肉和油焖大虾，天已黢黑，我们回公寓喝武当茶。进门瞧两眼，克莱尔欣欣嚷："好奢侈，二室一厅一个人，厨房这么大。莫里亚克初来巴黎，家里给的配额是一年1万法郎，相当于现在的3万欧元，很富裕，但他只租了一个单间，还在五楼。省下的钱，用来自费出书。"我轻轻一笑，迅速去泡茶，一抬头，两片红唇凑近我鼻尖。那个夜格外美。天亮后，两人更亲密。回国前的一周，我们天天见，谈起莫里亚克，总有说不完的话。论及日常，克莱尔献出一句名言："沙漠遍地，爱是绿洲。"

我只说下雨

1903年的一个阴雨天，乔治·西默农（Gorges Simenon）生于比利时的列日。书读到十五岁，父亲去世，他被迫辍学，挑起家中的重担。第一站，去报社当记者，用心尽力，马到功成，十六岁出版第一部小说。三年后，又是一个阴雨天，他去巴黎闯荡，给名人当秘书，也得风顺水。最重要的是，遇见了著名作家柯莱特（Colette）。此时美女作家已嫁给茹伏内尔，从容坦朗。丈夫

乔治·西默农

在《晨报》当主编，她负责文艺副刊，定期发表短篇小说，主编的《一千零一晨》是当时的文坛重地，在上面发文的全是大笔手。

西默农投了几次稿，杳无音讯，却引起柯莱特的关注。女作家暗自说：这小子感觉好，笔功扎实，有前途，写法却臃肿，太注重华艳。终于有一天，西默农被叫到办公室。柯莱特开口便训：直接写，简朴写，不要太文学。西默农连连点头，回去后反复修改。柯莱特仍不满意，再见又训：远离文学，不

要文学。西默农幡然醒悟，苦读《圣经》，细览司汤达，钻研马拉美。再改三个月，终于在《晨报》上发了一篇小说。那一天，巴黎下起了雨。

简洁和精炼剧增了西默农作品的魅力，按此门道再耕三年，他写出了地位和财富。西默农随即搬入豪宅，买高档车，全身名牌，还买了游艇。八十岁接受采访时，已名满天下的西默农对柯莱特仍充满感激。春雨纷纷，大作家意味深长地说：柯莱特的第一恩泽现于细雨，我与天露有缘，以后写雨水，我只说Il pleut（下雨）。

柯莱特

创纪录

这一生，西默农创下多个世界纪录。第一，发表376部长篇小说，237个短篇，外加大量报道、随笔，仅自传就写了21册，全集有27卷，是二十世纪全世界最多产的作家。寿命比较长，活了八十六岁（1903—1989），在当代法语大作家中，排行第三。蓬热活到八十九岁，图尼埃命至九十一岁。

第二，写作速度惊人，最快的长篇，只用了三天，一般十二天写一部长篇，每天要求自己写八十页。随口补充一句，西默农的长篇通常在五万字左右，相当于我们的中篇。法语文学里，没有中篇这一档。我们则分得更细，如同做肉，他们煎一整块，我们切成片，片后有丝，丝后有丁，丁剁细可以汆丸子。

西默农小说封面

第三，作品内容含量大，销量好，改编频繁。在西默农的虚构国里，地点写了1800处，刻画了9000多个人物。以其小说拍的电影达187部。主要语种版本卖了5.5亿册（此处不算汉语版）。很长一段时间，我们报的印数要打折扣。碰到畅销的，盗版蜂拥，数目无法统计。

第四，经历的女人多。1977年，西默农在洛桑湖边与好友交心，计算好一阵，给出一个数字：这一生，我睡了一万个女人，其中，妓女八千。（可能有夸张成分）常常，他一次招几个，一如他写小说。他还有两任妻子，一个临终伴侣。若他说的属实，这是一个吉尼斯纪录。

归纳说，西默农写作最明显的特点是速度快，产量高。然而，在量与质之间，却没有明显冲突。他塑造了一个国际名人，叫梅格雷探长，以他为主角，西默农创作了十几部杰作。他与柯南道尔、阿加莎一道，被誉为世界三大侦探小说家。他笔下的世界，色彩斑斓，浓具生活情调，一抹微笑可化出一片蓝天。屋内炉火温暖，血腥之外，柔现儿女情长。

西默农小说封面

是谁杀了巴特

1980年2月25日，在拉丁区学校路的人行道边，罗兰·巴特被一辆小货车撞倒，一个月后，因肺部并发症不治身亡。新闻飘过，透出一桩谋杀案，针对一页手稿，密接语言学。四十年前，著名语言学家罗曼·雅各布森归纳出语言的六种功能，晚年又发现语言蛊惑的巨力，号称第七功能。依持它，可迅速俘获人心，提高演讲感染力，是总统竞选的"葵花宝典"。几经辗转，手稿落到巴特手里，各路好汉竞相争夺。密特朗最积极，在任总统德斯坦紧随其后。克里斯蒂娃与巴特情深谊厚，却在幕后鼓捣，生出了一系列凶杀案。到末尾，密特朗得到真迹，轻松辩胜德斯坦，当选法国第五共和国的第四任总统。

暗幕与趣点如下：出事前三小时，密特朗请巴特来家中吃午饭，手稿就放在巴特的大衣口袋里。进门后，雅克·朗殷勤接过大衣，待巴特入正厅后迅速取出手稿，拍了照。德里达早已到场，仅用一刻钟，他便篡改了手稿上写的第七功能，将伪造品放入原处。车祸发生后，立刻跑来一男士，搜过巴特口袋后高声叫：我是医生，情况危急，快打电话。救护车赶来，医生溜走。这一幕由克里斯蒂娃安排，她是保加利亚间谍。接下来，两个日本人杀了三个教授，一美女灭了俩同性恋。游艇下沉，车站爆炸，主理的侦探几度遇险。

后半截写了一场意味深长的辩论赛，地点在意大利。按规则，中级输家将剁一根手指，最终的败北者要切一只睾丸。最后一轮推出两位重要人物，一个是意大利学者埃科，卫冕之王。另一个是挑战者，法国作家索莱尔斯，两人皆为世界名流。索莱尔斯得到假手稿，将之奉为至宝。辩论开始，他借助暗喻和象征，东游西逛，忽上忽下。一会儿天，一会儿地，一会儿蚯蚓，一会儿蚂蚁，把大伙说得云里雾里。埃科却思路清晰，形象生动，有理有据，收放自如，高潮处妙语连珠。才过半小时，评委同时举牌，埃科获胜。切根出院后，索莱尔斯来到威尼斯，把那只睾丸埋在海边，喃喃道：为什么这第七功能起了反作用？远在爱丽舍宫且已落选的上届总统德斯坦也嘟囔着同样的困惑。

《语言的第七功能》法文版封面

以上所述，是一部侦探小说的故事梗概，缩自洛朗·比内的《语言的第七功能》，2015年由格拉塞出版，中文版约40万字，畅销全球。除两个侦探外，书中的主要人物皆用真名，而且都是国际名流，如罗兰·巴特、克里斯蒂娃、索莱尔斯、德斯坦、密特朗、德里达、福柯等。读完全书，我倍感亲切，附带一道困惑。

《语言的第七功能》中文版封面

　　1983年，我来巴黎求学，就住学校路附近，离密特朗的府邸三百米。出门向左拐个弯，就是巴特出事的地点。一旁的咖啡馆我常去，老板很健谈，动辄回忆那一幕。依其说，巴特一直埋着头，东摇西晃，仿佛醉了酒，又像寻短见。老板娘感慨：才六十五岁，可惜了。老板的儿子常说，论文学批评，他是法国二十世纪的第一人，人称符号学大师。

　　亲切第二感，书中的主要人物，我大多认识，有的常见面，有的说过话，有的喝过咖啡，有的同桌吃过饭。德里达的讲座，我听了七场。福柯的课我上了一学期，还与他说过几句话。他问：中国在松绑？我答：我们在改革开放。大师道：早该如此，那片土地应多元，应该飞舞更绚丽的符号。书中写福柯最露骨，把同性恋的某些细节都爆出来了。

　　与克里斯蒂娃，我交往了二十年。应她邀请，我去巴黎开过两次学术会，与其同桌吃过三顿饭，其中两次索莱尔斯在场。我们专门谈过巴特。现实中，他们夫妻俩与巴特过从甚密。"文革"期间，他们一道去过中国。索莱尔斯高唱赞歌，巴特却没吱声。许多年后，巴特才发表日记：中国人衣服颜色单调，或灰或蓝或绿，田野都是油菜花。官员们众口一词，只说两句话，中法友谊万岁，"文化大革命"好。在我眼里，那里是文化的荒漠，是人类的悲凉。

　　我的困惑比较简单：书中所述事儿龌龊，涉嫌谩骂，几近诋毁，以真名实姓入书，当事人不会愤怒吗？他们会上诉吗？法院会受理吗？问过五个法国教授，回答几乎一样：不会的，书面写得清清楚楚，那是小说。社会学家迪比却补充："我敢肯定，克里斯蒂娃不会高兴。先前闹过一阵，说她来法国留学依持的间谍身份，牵涉到她丈夫，切掉卵蛋很歹毒。"我想探个究竟，当天给克里斯蒂娃打了电话。拨号前，猛然觉得，这类事不宜在电话里说。于是我换了话题，只请她来武大讲学，再去中南财经政法大学做两场讲座。十年前她已答应，要给我们的研究生讲一讲互文理论。我们很快谈妥，大学者定于2020年3月来武大，顺便看看樱花。我欣欣自忖：她到后，我们去樱顶喝个咖啡，再随口谈谈是谁杀了巴特，效果一定好。在我心里，巴特的死还有许多谜点。

那个月，我在巴黎七大讲学，找人比较方便。通过作家朋友，我联系上了《语言的第七功能》的作者比内，约好5月底他来武大。此君在中学教书，没去过中国，比较兴奋。我却不敢把两人放在一起，万一不对眼，麻烦多多。克里斯蒂娃脾气大，翻起脸来立马不认人。办外交，谨慎一点为好。不承想，这一切都被一场疫情给毁了。天地玄黄，偶然也是一把利刃。

维昂之死

在法兰西，鲍里斯·维昂（Boris Vian）是个奇才。他生于1920年，仅活了39岁，却写了10部长篇、43个短篇、1部诗集、7个剧本，外加470首词曲、500多页音乐评论。千禧年法国文学大排名，他的《岁月的泡沫》进入五十强，人称"法兰西当代第一才子小说"。维昂的本行却是机械工程师，发明过器具，办过画展，又用大量时间去酒吧吹小号，鼓捣爵士乐，还得过国际冠军。写作时，昏天黑地，他每天只睡三四个小时，仿佛外星人。

1946年，维昂夫妇认识了萨特和波伏瓦，两家经常聚会，或文学，或音乐，或存在主义。妻子米歇尕美貌动人，也写小说，天长日久，迷上了萨特。确切说，是萨特先勾的人。恋情曝光后，米歇尕毅然离开丈夫，经波伏瓦同意，公开做了萨特的情人。一度，维昂想勾引萨特的伴侣波伏瓦，即将得手时，不知为什么，又突然放弃。接下来，他在书中颠拆萨特的大名，百般嘲讽，恣意谩骂，却又遭沉重一击。那日记者问米歇尕：你曾是维昂之妻，也是萨特的情人，这两头衔，你更看重哪一个。她高声答：萨特的情人。

也许打击太重，一个月后，维昂骤然离去，也叫以身殉职。他的小说拍成电影，导演却我行我素，预演时没有叫他。维昂愤愤不平，自个儿溜进去，才看十分钟，便歪倒在沙发上，死于心脏病。有人说，让他倒下去的那一节，与前妻米歇迩有关，属于情殇。我觉得，这更怪作家本人。维昂早知心脏不好，四年前，闹过一场大病，差点一命呜呼。医生严厉警告：你的心脏隐患大，以后每天必须睡足七个小时，写作不得超过三个小时，小号损心肺，不能再吹。罔闻以上几句，你很可能活不了几年。第二任妻子严格执行，悉心照料，维昂静养几个月，度过了鬼门关。却好了伤疤忘了痛，鲜活之后，他继续吹小号，拿起笔来依旧不要命。观影前一天，他熬夜到凌晨五点。许多人说，维昂死得壮丽。我不以为然，文字再美，都没有命美。生存永远是宇宙的第一法则。也许，我太俗气。

维昂

也是情

　　走出地铁口，对面就是著名的花神咖啡馆。纳尔逊·阿尔格伦停下脚步，稳稳心绪，站了一会儿，喃喃自语：我把别人的情人占用了半年，待会儿见面，第一句话，我该怎么说。这情人，说的是波伏瓦，别人指的是萨特。一年前，波伏瓦去美国讲学，与纽约作家纳尔逊一见如故，当晚肉亲，再如胶似漆，如火如荼。就床笫之欢而言，那是波伏瓦的天上人间。纳尔逊动了真情，单脚跪地，隆重求婚。波伏瓦吻吻他，冷静说：我离不开巴黎，离不开萨特，长期不见塞纳河，我写不出好作品。纳尔逊定眼看许久，只能却步。回到法国数月，波伏瓦寄去一封挂号信，欣欣说：萨特热烈欢迎你来巴黎。

　　纳尔逊惊喜交加，又手足无措，却不知这反常之邀有它的缘由。早在二十世纪二十年代末，萨特与波伏瓦就签了一份恋爱协议：我们之间是必然之爱，与其他人，还可偶然地爱。简单地说，我们是第一情侣，出了门，可以各找各的情人。有了情况，要相互通告，隐瞒则意味不忠。萨特身先士卒，把波伏瓦教的漂亮女学生勾引了两三个。波伏瓦也诱走了萨特班上一位有才学的俊男。高师毕业后，两人都在高中任教，狡兔先吃对方窝边的草。萨特随后又找了七八个情人，几度遇麻烦，都是波伏瓦出面解的围。

此刻情人有了新欢，萨特无法漠然。纳尔逊刚到咖啡馆，萨特便率一班人马迎出来，张开双臂，热情拥抱情人的情人。欢迎，欢迎，热烈欢迎，你的书已在巴黎联系好了出版社。随后介绍前来迎接的各位。这是鲍里斯·维昂，著名作家，《岁月的泡沫》的作者，也是优秀的小号手，大牌工程师。这是米歇迩，维昂之妻，巴黎美女，文笔优美，见解不凡，将由她翻译你的作品。还有两个记者一位作家，都是业内名流。

纳尔逊受宠若惊，没想到萨特如此热情，准备好的应对之辞，一句都没用上。点了饮品，大伙围绕如何出书说开，再谈法美文学。时不时，波伏瓦摸一摸萨特的手，又柔情看看美国情人。视线里，别有景观。三个人的照片，我看过几十张。同萨特在一起，波伏瓦英姿飒爽，更像一个战士。纳尔逊人高马

萨特和波伏瓦

大，面相英俊，站在他身旁，波伏瓦则含情脉脉，风情万种，十足的依人小鸟。纳尔逊来巴黎，波伏瓦在家里打扮了一个小时。这等待遇，萨特望尘莫及。

进入五十年代，波伏瓦与萨特基本没有床欢。两人各住各的屋，相互以"您"称呼，依恋更在精神层面，到老情更浓。安葬萨特时，波伏瓦悲痛欲绝，几近瘫软，只能坐轮椅去，她往墓坑里投了一枝玫瑰后萨特才落棺埋土。波伏瓦故去后，埋在萨特身旁，手上戴的银戒指却是纳尔逊送的。

一晃谈了三个多小时，意犹未尽。萨特掏腰包，大伙又吃了个便餐。分手时，巴黎亮起灯。维昂走在最前，纳尔逊惊讶地发现，萨特的手按在米歇迩的屁股上，美女没拒绝，还搭上自己的手。纳尔逊嘀咕：法兰西，你太特别了。萨特故去时，纳尔逊在日记里写道：说来道去，都是情。或者说，也是情。

萨特的优缺点

　　萨特影响了二十世纪，其存在主义一度风靡世界。跟着他，我们常说：世界荒诞，人生焦虑，他人即地狱。换口气，又说：存在先于本质，人要自由选择，还要自负盈亏；上帝走了，每个人都是自己的主宰。翻个面，我却发现，这位大作家也有许多小毛病。最突出的一点，太以自我为中心，与男性名人处不好关系。前文维昂已说，此刻我另举两人，加缪和梅洛-庞蒂。

　　加缪与萨特相识于1943年，在《苍蝇》的首演上，两人相互欣赏，一见如故，友谊浓了十五六年，却在苏联等问题上发生分歧。得到萨特授意，某编辑在《现代》上发表一篇长文，猛烈抨击加缪，高声叫嚷，为达美好目的，可以在某一时段使用非常暴力。加缪猜到了幕后推手，奋起反击，两人的关系公然破裂。事后一掂量，萨特也发现，那编辑的言语太粗鲁，有点过分。历史却证明，加缪对了。苏联的做法损害了地球文明，几十年后，这个帝国一天之内倒塌，民众兴高采烈，地球更亮堂。

　　我觉得，加缪1957年获诺贝尔文学奖这件事对萨特也是一大刺激，堪称两人对立的背景音。针对萨特的微词，加缪在领奖词中特意说：世事繁杂，我还没有伟大到可以忽视如此荣誉的地步。萨特真伟大，他记住了加缪的话，七年后，他反向行驶，拒绝领取诺贝尔文学奖，给出的理由十分牵强：我拒绝来自官方的一切荣誉，不愿加剧东西方的对立。都知道，诺贝尔奖评委会并非官方组织。这一拒却苦了法国的其他作家，随后二十年，瑞典文学院把法国晾在一边，以前给法国作家的授奖间隔从没超过十年。第一枚诺奖于1901年发给了法国诗人苏利·普吕多姆，才四年，又颁给了法国作家米斯特拉尔。1984年，冰河解冻，克洛德·西蒙获诺奖。从他到勒克莱齐奥，又过二十四年。也得说说萨特的大气。加缪车祸身亡，他撰文深切哀悼，真诚赞扬其成就。

梅洛-庞蒂是研究哲学家，大名远扬。他与萨特是高师同学，友情深厚。萨特创办《现代》杂志，他鼎力相助，负责写社论。二十世纪五十年代初，萨特擅自刊发他写的《共产党人与和平》。发另一篇时，梅洛-庞蒂嫌太左，加了一个题头，适当保持编辑部的中立。萨特专横删去，原样刊发。为此梅洛-庞蒂与老同学在电话里争论了两小时，随后各写三封长信，亮出分歧，分道扬镳。如此自我，似乎源自童年。一岁不到，萨特失去父亲，随母在外公身边长大，备受呵护。他自小爱读书，每每得体举出一句名言或发一段高论，家人都围着他鼓掌，齐声称赞。萨特在《文字生涯》中写道：一时间，我自觉高大，方圆几百里，仿佛只有我一人。大作家还有一点小自卑，他个儿不大，面相偏丑，看人有点斜视。遇见名气更大或更有才华的男士，他内心总难放平。

她看着我，没说一句话

　　我认识的第一个法国诗人是普雷维尔（Jacques Prévert），距今有半个世纪。那时我在武汉外国语学校学法语，某日逛外文书店，我买到一本影印版的原文教材，书名为《法国语言与文化》。全书共九个单元，附有大量文学节选，诗歌居多。我翻到的第一首诗，便是普雷维尔的《早餐》：

　　　　　　他在杯里

　　　　　　倒了咖啡

　　　　　　又在咖啡杯里

　　　　　　加了牛奶

　　　　　　然后在牛奶咖啡里

　　　　　　放了糖

　　　　　　用小勺子

　　　　　　搅拌

　　　　　　他喝了一口牛奶咖啡

　　　　　　放下杯子

　　　　　　没有跟我说一句话

　　　　　　却点燃

一支烟

用嘴

吹着烟圈

他把烟灰

弹在烟灰缸里

没有跟我说话

没有看我一眼

然后站起身来

把帽子

戴在头上

又披上

雨衣

因为天在下雨

他在雨中

走远

没有说一句话

没有看我一眼

我一手

托着脑袋

哭了

（胡小跃译）

　　我一字一句地读过，瞟一眼暗中关注我的女同桌，异常自豪，分外高兴：不查词典，我读懂了全文。那股兴奋劲儿，犹如在峨眉练了十年功，下山遇歹人，我一招制胜。随后却困惑：诗能这样写吗？那时节，我们别的不在行，诗却经常写，一个比一个豪迈，个个自觉高大上。我还得到了表扬。我是这样写的：工人师傅站在高炉边／铲一锹煤，投进去／立刻红了半边天。同桌更胜一筹，她写农民，加倍夸张：一坨棉花打个包／压得卡车两头翘／翘啊翘／比云高。老师点评：寥寥几句，社会主义的美景跃然纸上，这里有无产阶级的现实主义，还有革命的浪漫主义，我们给两位鼓掌，热烈鼓。

哪曾想，法国人在咖啡里加点奶添点糖，一句豪言没有，也成了诗。读久了，还津津有味。当时牛奶极度稀缺，生了孩子才配得一点，我尝过几口，特美味。白糖凭票供应，粒粒金贵。咖啡，我从来没喝过。在《早餐》之前，还印了几行斜体文字，简要介绍诗人的写作特点："诗人别具一格，善于从普通人的日常生活中提取闪光点，语言简朴，乐感卓越，意味深长。"这一段，我查了词典才读懂，也很激动。

却有一惑。那时我们介绍法国，登的全是乞丐的照片，地铁上有，街上有，到处都有。由此结论：除了中国，其他国家的人都受资本家剥削，生活在水深火热之中，牛马不如。我暗想，普通法国人都能喝牛奶咖啡，还加那么多糖，这也叫水深火热？我对咖啡的唠叨引起同桌的关注，她朝我笑一笑，内涵特别丰富。她爸是管外事的高干，见过周总理，接待过西哈努克亲王。同桌柔柔说：我喝过咖啡。我急问：啥味道？同桌答：开始有点苦，久了就喜欢了。我回去看看，也许能找到一包。

我表面从容内心急切地等了整五天。周日下午，我们提前返校，在教室碰头。同桌抱歉说：咖啡都被哥哥送人了，我只找到小半包。我接过袋儿一看，里面还有个小袋，残留一些咖啡粉，够两人喝。我抓起粉末往口里一丢，哟，好甜。同桌红了脸，柔声说：小闷兜，我掺了糖的。我热眼看同桌，心中

狂跳，两张脸一起发红。回到宿舍，我泡了咖啡，喝了一个钟
头。晚饭后，我模仿普雷维尔，写了一首诗：

> 二指抓粉末
>
> 往口里一丢
>
> 啊，啊，啊
>
> 在毛泽东思想的照耀下
>
> 我终于
>
> 尝到了咖啡
>
> 像新社会
>
> 一样甜
>
> 激动得我
>
> 热泪哗哗
>
> 她看我一眼
>
> 脸微红
>
> 久久不说一句话

瞬间永恒

大约是二十世纪八十年代中期，在某杂志上，我读了普雷维尔的几首诗，微微一震。在两种语言间，我看到一拱桥。那一瞬，我深切感到，诗有多种写法。或高深，或绚丽，或直白如话，普雷维尔的代表作就叫《话语》。对于汉语创作，那是一道吉光，就看我们如何利用。来到法国的第三天，我买了一本《话语》，搁在床头，时不时读两三首。书店就在住所楼下，与老板混熟了，我常去聊天。有一组数据勾住了我：五年间，诗集卖得最好的诗人是普雷维尔，共售50万册。在人口不多的法国，这是一个天文数字，堪称奇迹。

接下来，我去大书店，找出二十种语文教材，惊奇地发现，二十种教材都收录了普雷维尔的诗。名家入教材率，他排第一，尔后是雨果、拉封丹、莫泊桑。细读介绍文字，我发现一个短板：普雷维尔中学没毕业，只有小学文凭，在我已知的作家中，他的文化水平最低。却非大碍。对于作家，我们主要看文本，那是本尊。且看诗人如何写"懒学生"的。

他摇头说不
心里却说是

他对爱人说是

却对老师说不

他站在那里

老师问他

各种问题

全班突然笑翻

他擦掉一切

数字和单词

日期和名字

句子和陷阱

尽管老师威胁他

神童们一片嘘声

他仍用彩色粉笔

在不幸的黑板上

画下幸福的模样

（胡小跃译）

从某种意义上说，这首诗绘出了作者的像，包含他的生存经。在栩栩如生的文字中，孩子叛逆，纯真，透过绝望，闪出一道光，那是人类的初心。普雷维尔的诗朗朗上口，看似简单，细品却义中带义，话中套话，一箭数雕，而且意象突奇，组合巧妙。只不过，许多文字里的讲究汉语译不出来，此乃人间无奈，怪不得译者。普氏诗歌的简朴常常让我想起东北的一道汤。此汤以土鸡为主，配海参、鲍鱼、干贝等七种辅料，放姜葱蒜陈皮花果等十二道作料。先爆炒，喷酒，大火煮两小时，再用小火煨十个钟头，最后去物体留液态。那个鲜啊，苍

普雷维尔

白的语言无法描述。

　　土鸡汤以众多配料成一碗汤，那么普氏靓汤又有哪些配料呢？我觉得，第一是超现实主义。诗人与布勒东等大家待了两三年，厌其缛节，中途退出。然而，他意象的突奇、跳跃之诡谲、词语偶合的绚烂无疑来自超现实主义。第二，普雷维尔也写电影剧本，擅长写对话，深谙音响的妙用，其诗的画面感和韵律感得益于第七艺术。第三，普雷维尔在学校待的时间不长，少去众多约束，他的心态更开放，想象更大胆，组合更自由。

　　点出上述特点，还觉差点什么，复读《公园里》，我才找到最关键的门道。

　　　　千年万年
　　　　都说不尽
　　　　那一秒

永恒

你吻了我

我吻了你

清晨，在冬日的阳光里

在巴黎的蒙苏里公园

巴黎

是地上的一座城

大地是天上的一盏灯

（胡小跃译）

　　这首诗写于1946年，二战刚刚结束，巴黎百废待兴。诗人漫步蒙苏里公园，看见一对小情侣在晨光里接吻。他以心作快门，"咔"一声，拍下那一瞬。尔后隆起宇宙胸怀，妙然文出，简单明快，从瞬间走向永恒。欢跳的节奏应和了国家复兴的前景，此后三十年是法国最繁荣的时段，史称"光辉三十年"。这等融合正是普雷维尔独有的本领。

中法文学博士班

白云悠悠，天湛蓝，环一眼珞珈山，我满心欢喜，因为我考取了武汉大学中法博士班。那是两国间的高端教育培养合作，谐称"法埔军校"。法方投入了巴黎八大、波尔多三大、艾克斯三大，皆为国际名牌。项目始于1986年，止于1992年。头两届为预备班，留法资助仅一年，拿法国硕士学位。从我们那一届起，改成博士班，学员在武大读一年，获奖学金后，赴法攻博三十六个月，主要写博士论文（至少三百页）。每届预设十人，有的只招九个，宁缺毋滥。大部分课程教学由法方承担，每周二十五节课以上。常驻的教师有四人，耐夫斯为首，衔教授，称福楼拜专家，人高马大，仪表堂堂，后来做了巴黎八大的副校长。下接拉瓦迪和纳迪娜博士，他们当时是一家人，也教法国文学，纳迪娜后来成了法国知名作家。德比奈夫人主讲语言学。四头举八臂，水平都高。两届预备班的头领是古荷独瓦教授，也来自八大，多年前不幸病故。中方负责人是张泽乾院长，在博士班，他教文学翻译，所著《翻译经纬》加重了中方的分量。与项目配套，建了中法图书中心，法国一年资助20万法郎，连续投七年，北京没有的法语书，这儿都有。每届还配两轮名家讲学，一次派两人，为期一个月。我们那一届来的是波尔多三大的系主任杜布瓦；艾克斯三大的资深教授雷蒙·让，诗人学者格雷兹；巴黎八大派出马提厄，著名诗学家，我后来跟他读的博士。最最勾人的是，十人的博士班设了九个奖学金，法五中四。为期三年。法方奖学金比中方多500法郎，若论文需要，到期还能延长六个月。项目实行末位淘汰制，最后一名回家抱娃娃。若成绩合格论文通过，可获巴黎八大的硕士文凭，当时叫DEA。也是一大收获。

开课仅一周，我们各自借了十几本书，全是理论经典，如索绪尔的《普通语言学教程》，邦尼勒维斯特的《语言学问题》，罗兰·巴特的《现代神话》《零度写作》，巴什拉尔的《空间诗学》，德里达的《论差异》，热奈特的《叙事学》，等等。苦读两个月，我们深切领悟到，二十世纪文学研究以语言学为轴心，要攻下博士，必须掌握现代语言学。于是我们从所指、能指、历时、共时等基本概念入手，一个个地啃，一页页地嚼。德比奈夫人引路有方，成效卓著，只是我们的精神困扰多，在课堂上她经常冷嘲热讽，由着性子训人，开了骂口，没完没了。

图书中心设在教室旁，那日太匆忙，我把刚借的六本书放在课桌上，夫人见了劈头讥讽：你在卖弄才学，还是张扬个性？我立刻收起书，憨憨一笑，心头悻悻然。两个月后，她骂另一位同学，耗去半小时，我没忍住，拍桌而起：尊敬的夫人，我们从全国各地坐到这里是来听您讲课的，不是听您骂人的，时间宝贵，有些话，您该课后讲。这等侠义之举需要冲动，更需勇气，我们能否出国，一半取决于各科老师给的成绩。德比奈夫人愣片刻，轻声说：你给我镇定。在她眼里，我瞧见一团异火乖乖坐下。夫人继续讲课，尾段很精彩。当天下午，我应令去外国专家招待所，德比奈夫人给我做了一顿简易西餐。我受宠若惊，手足失措，一遍又一遍地赞扬她的课。说的是大实话。通过德比奈夫人，我认识了现代语言学，习得丰厚。

博士班以文学批评为主体，一年间，我们依托十余位作家，学了符号学、主题学、叙事学、原型批评，还有手稿研究，那是耐夫斯的专长。授课模式大同小异，先开参考书目，轻说理论，重读文本，主攻分析和论证，那是我们的短板。每一门课，我们要做两场课堂报告：解说一篇文论，做一次文本分析。后来带博士，我借取这一套，效果颇好。却要多读书，因为你得先有一缸水，才能从容舀出一瓢。给我们上课的中方老师是叶汝琏教授，他年近六旬，倾心兰波，热恋夏尔，中西学养深厚，曾与卞之琳、冯至同栏发表诗作。与他谈法国文学，收获常在只言片语之中。经他点拨几句，我茅塞顿开。讲起课来，他却沟沟坎坎，如茶壶里的汤圆，有货倒不出。那日讲法国当代诗歌，他仰望老图书馆，高吟：热内·夏尔，啊，啊，啊！具体的，你们读，有问提出。尔后分发一沓资料，我们安然自习。老先生故去已二十年，时间证明，他译的法国现当代诗依然卓越，热内·夏尔，没有谁比他译得更好。

两期短期讲学各显神通，威力更大。杜布瓦条理清晰，旁征博引，观点独到，原文大段背出。上他的课，我们常常目不转睛。雷蒙·让深入浅出，风趣生动，一笑两酒窝。马提厄的课严丝合缝，一环套一环，稍微分个心，就云里雾里。在我们的课堂上，他灵感泉涌，提出几条在法国有较大影响的诗学理论，如"隔离内扩说"。

格雷兹还加办了一场讲座，专题介绍华裔学者程抱一的《中国诗学》。我们不以为然，嘀咕他班门弄斧，听后却口服心服。对作者妙解的唐诗，他又妙一解，诗情更浓，给出众多宝贵信息。比如，法国作家几乎都读过《中国诗学》，其中的虚实观影响最大。格雷兹末尾定论：上下五百年，程抱一是中法文化的最优摆渡人。此语中肯，属于灼见。论渊博，程抱一不如《中国文明》的作者格拉奈，论创见，不如他女儿程艾兰，却常常用几句话几个词就能在长江与塞纳河之间搭起一座美观实用的桥梁。往后走，又别样地绚灿。1998年，小说《天一言》轰动法国，获费米娜大奖。2002年，当选法兰西学术院院士。我与程大师见过两面。第一面是在复旦举办的学术会上，他讲米肖，我也讲米肖。回到宾馆，我们又在咖啡吧畅谈两小时。大师与米肖是至交，二十世纪八十年代初在《外国文学研究》发表长文，译诗七首，首次向中国读者介绍这位酷爱华夏文化的法国诗人。那篇纪实文为我写博士论文提供了重要支撑。第二面见于巴黎拉丁区，我乘公车去使馆教育处，已成为院士的程抱一在索邦对面等车。那是一个周末，风暖人熙，车未停稳，涌出一帮阿少。院士笑一笑，退候下一班。我向他挥手，他没看见。我却由此窥得法国文学讴歌的两个字——平等，看见了交合西方文明的东方从容。

　　一如挤车，末位淘汰制残酷了学业。为能出国，我们夜以继日地读书，绞尽脑汁地表现，千方百计讨好各科老师。留法的巨诱来自我们的贫穷。那一年我带薪学习，已评为讲师，月薪才105元。到了法国，一个月的奖学金就有3600法郎，相当于我在国内三年的工资。再打打工，立马变万元户。为了缓解学习压力，我们在武大一周玩两次牌。打跑得快，带点彩，输一张牌罚两分，上限两毛。各备一个铁罐盒，里面装零钱。我们住枫园三舍，邀牌时，摇一摇铁盒，立马有人回应。也摇盒。几十秒，常常摇出七八个人，包含经管院的。手气好时，我可添一盘粉蒸肉。背运时，一周少吃两份鱼。承蒙班主任冯学俊老师关照，我得到一笔校级补助，获款120元，等同眼下的12000元。办完涉外手续，买了书，还剩30元，我邀五位同学去湖边小馆开怀撮了一顿。记得很清楚，我们点了楚风鱼、青椒肉、大河虾、麻婆豆腐，配两盘蔬菜、一碗蛋花汤，连啤酒一共花去12元。吃得胃舒肠欢，心花怒放。我笃信一条：独自得了好处，必须反馈些许，否则难有后续。汉字的笔画告诉我，"舍"得"予"才能"舒"。

　　圣诞节前夕，我们与法语系的研究生举办联谊活动，地点在外招办，紧靠珞珈山北坡。上咖啡时，我发现一个美女，和半年前出现在我梦中的女孩一个样，那颗痣比较显眼。我僵愣一阵，踱过去，努力镇静问：同学好，还在研究阿波利奈尔的图文诗吗？美女头一扬，坦坦否认：不，我做翻译，主攻维昂的《岁月的泡沫》，跟随张泽乾院长。我长"哦——"一声，目瞪口呆。美女神秘一笑，喝几口咖啡，悄然走开。我没去纠缠，念一句天地玄黄，退出会场。后来问张老师，却答：我没有研究维昂的女研究生啊。我又"哦"一声，却没交底。张泽乾也是我读武汉外校的启蒙老师。连带梦中的变体诗，我想起让我初尝咖啡的女同桌。恢复高考那年，她考上武大法语系，出类拔萃，又发三篇小说，风头无两。在爱丽宫，我们喝过三次咖啡，平时信交密切。女同桌乐山，熟读维昂，常去武大野外写作，临毕业，却因突发心脏病猝死珞珈山北坡。我火速赶回，送了她最后一程。联谊会第二天，我端庄衣着，在北坡烧了一堆纸钱。同桌若不梦告，十有八九，我上不了博士班。再往下看，纸钱灰烬里显出一个心形，极像阿波利奈尔的火焰诗。我抬起头，久久望着蓝天，觅得几许安慰：在另一个世界，我的同桌更靓丽，她倾国倾丰都，此后多一颗迷鬼的美人痣，日子过得一定舒畅。凡间困顿多，眼下虽风和日丽，多年后，不知道又会飞出什么幺蛾子。

拼搏一整年，我获得法方奖学金，去巴黎奋斗三年半，拿到博士文凭。我返回川外，继续教法国文学。因买了八大件，又存有外汇，我一度成为歌乐山脚的首富，独领风骚两年半。千禧年前三天，我调回武汉大学，继续教法国文学。五年前，我在外院大楼接待了博士班的首领耐夫斯，仿佛画了一个圆。当年的西洋美男如今头发全白，他做了讲座，脸更红润。老首领欣然感慨：武大日新月异，中国焕然一新，生活百倍美好。更有一喜，他教过的学生好多已学成归来，在各大高校担纲重任。吴泓缈任武大法语系主任，耀眼于语言学，入选"中法建交50年50人"。王静做华东师大法语系主任，是主题学研究的名家。借洛特阿蒙之威，陈元曾领导中山大学法语系。与项目搭边的袁筱一担任中国法国文学研究会会长。离开珞珈山后，耐夫斯与南大许钧合作，培养了一批博士。户思社曾任西安外国语大学的校长，后任中国对外友好协会副会长，刚出一部象征派诗学专著。当官不丢学术，学法国文学的更能做到，这也是法国文学的传统：夏多布里昂辞去大使之职专心写《墓外回忆录》，蓬皮杜总统编的《法国诗选》还是热门读本，德斯坦和密特朗都写过小说。绿河爱暖划红桨，各色各的情。

还有辉煌一景。北大法语系的半边天由武大博士班撑着。王东亮用符号学研究《易经》，别开洞天，当过副院长，后去联合国耀显一方，收入鹤立鸡群。田庆生学养丰厚，治学严谨，人见人怕，鬼见鬼愁。最晚归国的董强做北大法语系主任，主持傅雷翻译奖，也是"中法建交50年50人"之一，还当了个我一时叫不出名的法国院士。秦海鹰、车槿山境高一维，在中法博士班，他们当老师，讲授谢阁兰和新小说，好评如潮，而今远离喧嚣，在小别墅里做大学问，继承了北大的优秀传统。上举各位都是法国文学教授，个个大咖，指导了大量硕博士。他们的许多弟子又教法国文学，部分评上教授，也当硕博导。几代人分布全国各地，织就一张网，各具个性，后浪常常盖前浪，我的学生好多都比我强，却都是武大中法文学博士班散开的涟漪。

要求进步的杜拉斯

在政治上，玛格丽特·杜拉斯（Marguerite Duras）相信组织，热爱法共，孜孜要求上进。第二次世界大战期间，她认识了后来的总统密特朗，积极参与抵抗运动，经常打入敌人内部，天衣无缝，左右逢源。那日却遭伏击，她的丈夫被捕，关进集中营。在密特朗的帮助下，她逃出了盖世太保的魔爪。盟军登陆后，丈夫获救，找到时，人已奄奄一息，杜拉斯配合医生精心护理一年，夺回了丈夫的命。有个细节颇感人：丈夫进食困难，又急需营养，杜拉斯用高价买了一公斤牛肉，四处找碎肉机，跑了一个上午，才在一家肉店找到。她将牛肉打成汁，分六次喂给丈夫，自己没吃一口。一年半过后，两人却离了婚。1945年，杜拉斯加入法国共产党，表现积极，担任了维斯孔蒂街的党支部书记。

转折出现在1950年初。某同志去法共中央告发杜拉斯，说她在一次晚会上当着其他作家的面，激烈批评优秀党干部阿拉贡，还说她自以为是，对好几个党员不恭，甚至冷嘲热讽。告发者叫孙布伦，西班牙人，也是作家，曾是杜拉斯的座上宾。事起萧墙，威力巨大。对杜拉斯，大家伙起了疑心，短了信任，关系日益冷漠。杜拉斯四处解说，收效甚微，开始心灰意冷，高声说，某人太卑鄙，组织不分青红皂白，败坏了我的名声，我不再做喷火斗士了。又闲言四起，说她与托派深交，经常去夜总会放浪形骸，是堕落的小资产阶级，损害了组织，背叛了党。

　　杜拉斯从委屈走向痛苦，从痛苦滑向绝望，渐渐地，生出了退意。这时组织寄来一封信，将她清出党。杜拉斯无奈摇摇头，冷静回了一封信：无论你们怎么决定，我都是一名坚定的共产主义者。最后我只说一句，这么多年，我没有做过任何损害党的事。虽与组织决裂，杜拉斯仍继续为人类的正义而奋斗，比如，反对阿尔及利亚战争，为妇女争取堕胎的权利。更重要的是，她静下心全力写作，发表《抵挡太平洋的堤坝》，名声大作。随后既写剧本，又拍电影，到处演讲，还得了法兰西学术院戏剧大奖。

杜拉斯

　　密特朗当总统后，她没有去套近乎，继续做自己喜欢做的事。她于1984年出版《情人》，获龚古尔奖，高光亮世界。最引人注目的是，她散化情节，淡化人物，精炼语言，光耀对话，更新丰富了小说的写法，对我们的当代文学产生了较大影响。六十五岁那年，杜拉斯遇见一个二十七岁的小伙子，是她的粉丝，还是同性恋。两人住一起，经历了一场热烈而颠簸的感情。风刀雨剑，小伙子伴随她走到生命的终点，做了她遗言的执行人。评论家们感慨：鱼有鱼道，虾有虾路，远离政治，作家妙笔生花，活得更有人情味，对精神世界的贡献更大。

损

依稀记得，在二十世纪八十年代中期，我在巴黎读书，必看周五晚九点的《顿语》。那一期采访杜拉斯，行至后段，主持人皮沃问："你认为，什么叫写作，你反感哪种写法？"已昂奋的杜拉斯脱口而出："在我眼里，很多名人都没有写什么有价值的东西。萨特没写，他不知道什么是写作。他的忧虑是附属的，是次要的，二手的。他从没见过纯粹的写作。萨特是道德家，只知道在社会里吸取什么，在某种环境中吸取，他的环境，政治环境，文学环境。他的东西，我只看过一篇有趣的，在《境况》里，讲美国文学的。除此之外，他啥都没有。有些人自以为在写作，有些人真正在写，真写的人，很少，凤毛麟角。"

后来谈到罗兰·巴特，杜拉斯也直通通地说了一番心里话，批的是他的假写作。她说："我和巴特是朋友，但我一直不欣赏他。我觉得，他始终操使着同一套路，太职业了，看管得严严实实，到处条条框框。我试图读《情人絮语》，始终读不进去，太智力了，太智力。只是恋爱日记，对，日记，实际上，啥也不爱，啥都不是。巴特却是个迷人的男士。也是作家，某种写作的作家，一动不动，规规矩矩。"在《杨·安德利亚》中，杜拉斯又补充："巴特在假写作，他死于这个'假'。有一次在我家里，他友善劝我回到开初的小说里去，那些作品简单而迷人，我莞尔一笑。"

如此口直，自然会惹出麻烦。因在《中国北方的情人》的修改上发生分歧，杜拉斯与出版商热罗姆·兰东吵翻，见面相互翻白眼。因对电影改编的意见不同，她与著名导演让·雅克·阿诺各走其道，形同敌人。损她的人也不少。学者让·埃德恩·阿利耶撰文高喊："这是一个有愧于法国文学的老妇人，看似先锋，实则没一点文化，像个垃圾桶。她是一只文学老乌鸦，该丢到沃洛涅河里去。"作家皮埃尔·戴斯普罗日破口大骂："臭下水道里的糊涂女教主，接近巫婆，用她的作品揩屁股都嫌脏。"全球一个样，损与被损相连，常常难解难分。

踢出了颜色

月黑风高，路灯幽明。在塞纳河左岸，友林发现一台大电视，绕看几圈，觉得可用，赶紧回卡门公寓，叫来小头和我。哼哧，哼哧，我们合力抬回这件路遗宝，搁稳后，开怀大笑。当年留学法国，很穷，好多器物都是拣来的。接上电，电视立刻出声音，名嘴皮沃在主持读书节目。图像却不稳定，两条横杠胡乱跳，活像黑白无常。调了一阵，跳跃变成麻麻点。再调，音像全无。友林两手一摊："不好意思，费老力搬来，还得抬下去。"

小头暖言安慰："路拾靠运气，我抬了三台冰箱，才遇到一个可用的。天降大任之前，总要劳我们的筋骨。"友林宽宽一笑，泡了茶，大伙床椅并用，安然坐下。学生房仅九平方米，只能将就。绕过电视那一刻，我朝它屁股猛踢一脚，咔嚓咔嚓，出了奇迹：图像恢复了，彩色的，还有清晰的声音。但见皮沃手举一本书，亲切发问："做了《诉讼笔记》，越过茫茫《沙漠》，下一步，你想往哪儿走？"勒克莱齐奥仰起头，面东沉吟："我准备去中国，枯木逢春，改革正在那儿创奇迹。"

友林兴奋说："这个节目叫《顿语》，皮沃的绝活，属世界精品，我几乎集集都看。但在楼下公用厅，遇到足球赛，只能让给那帮黑人兄弟。杜兄，你神腿妙脚，真是鬼使神差！来来来，我们以茶代酒，庆祝庆祝。"叮一声，欢了三张脸。散伙后，友林追剧一直看到夜里三点，之后几乎天天看，还做笔记，法语突飞猛进。每逢周五，我也去看《顿语》，跟着皮沃读了一批法语小说。五洲震荡风雷急，破彩电却用了整三年。走时送给朋友，又用多了一年。

小头念巴黎高商，是名校，毕业后，捷足先登，淘到几桶金，经常请我和友林泡酒吧，还上过三回餐馆。最贵的一次在丁香园，人称"诺贝尔文学奖的摇篮"，海明威、纪德、法朗士、加缪、萨特都是那儿的常客，外加柯莱特、波伏瓦、尤瑟纳尔等一流女作家。那次去，我们碰到了杜拉斯，她满头白发，门牙掉了一颗，说话漏风儿。我们聊了好一会儿。离桌时，大作家轻声通告："下半年，我将抛出一本书名带'中国'二字的小说。"后来得知，那便是《中国北方的情人》，出版于1991年。我仔细读了，觉得没有《情人》写得好。

风雨飘摇，又阳光明媚，破彩电在扩散某道光环，含几许神秘。拿到博士学位后，我立马回国，破格评上了教授。皮沃主政法国第一文学大奖，由他认可，我担任龚古尔奖中国评选组委会主席。2008年，勒克莱齐奥荣获诺贝尔文学奖，尔后常来中国讲学，酷爱《道德经》，迷恋宋朝，大伙称其为勒老。我和勒老初见于南大，友情深厚，几乎一年见一次，次次都欢谈文学。历经十年，我出版小说《字行天下》，写我给人测字的故事，卖得比较火，三年前在巴黎出了法文版，书名为 *Le Diseur de mots*，是勒老取的，他还写了一篇精美序言。

来巴黎参加首发式，我欣然发现，出我书的Moreau出版社就在卡门公寓隔壁，当年是一家冲洗店。皮沃在巴黎第一次接见我，也在卡门附近，地点是他选的。上周五，三位故友会聚珞珈山，再次欢天喜地。小头做了国级口译，多次陪国家首领出访，眼下当干部，看病用红本，可住高干病房。友林腰缠亿贯，在巴黎设了三个店，雇工一百三十名，为提高法国的就业率做出较大贡献。由他资助，我在武汉举办了六届法语戏剧节。提及勒老的序，友林感慨："当年捡的大电视一直亮在心里，那一脚很神奇，一连串的好事儿仿佛都是它踢出来的。"

《字行天下》书影

你好，忧愁

十八岁那年（1954年），萨冈（Françoise Sagan）出版《你好，忧愁》，获"批评家奖"，一举成名。诺贝尔文学奖得主莫里亚克称赞作者是"迷人的小魔鬼""罕见小精灵"。只一年，这部处女作便卖出85万册，创造了法兰西半个世纪的畅销纪录，有如我们的琼瑶或三毛。随后被译为22种语言，扬名全世界，仅在美国，十个月间就卖了100万册。第二、三、四本小说又锦上添花，继续热火，那轻松亮丽的文笔给法国文坛注入了一股新鲜活力。仅过两

《你好，忧愁》插图

年，萨冈挣了5亿法郎（约90万欧元）。身为企业家的父亲告诫爱女：年纪轻轻有这么多钱，很危险，得赶快花掉。

萨冈外貌出众，个性鲜明，特立独行。她听取父亲忠告，如鱼得水，开始挥金如土。第一步，买高档跑车，一辆接一辆，先后买了五辆。再去赌钱，手气又好，1958年8月8日一夜，她赢了800万法郎，第三天，在翁弗勒尔买了一个庄园。再

去酒吧夜总会高消费，一瓶酒几千法郎。又买名贵珠宝，置高档服装。还动辄送人珍物，赠墨宝更慷慨。她一生写了近30部小说，结了三次婚，唯一的儿子没有得到她的任何手稿。

她还有一大爱好，喜欢赤脚飙车，深更半夜，常与哥哥飞穿巴黎，一路欢叫。某日，带三个朋友兜风，开到每小时160公里。一个闪失，车翻了。朋友受点轻伤，她昏迷几天几夜，差一点丢命。醒来后，她周身剧痛，经久不消，医生只得开吗啡。她却因此和毒品结了缘。出院后戒过一次，没成功，便以歪就歪，随后欣然写道：摆脱单调生活唯一聪明的方式，我觉得，是抽鸦片。

由此我推测，即使不遇车祸，很可能，萨冈也会吸毒。她挣得多，去得也多，常常入不敷出。随后的日子多坎坷，她频繁与法院打交道，还曾因转让和吸食可卡因被判缓刑一年监禁。1991年，某大亨想在乌兹别克开发石油，外交部部长反对，项目卡壳。大亨找到与密特朗柔交的萨冈。美女耳语几句，总统便发了话，问题迎刃而解。耳语背后，有一大笔佣金。

这一年，萨冈的庄园遭火灾，翻修花了400万法郎，此款由大亨支付，萨冈没有申报，构成偷税罪。八年后被发现，她被判一年缓期徒刑，附高额罚款。萨冈卖掉庄园，还不够偿还税款，法院冻结了她所有稿费。作家从此一贫如洗，被迫离开巴黎豪宅，搬入小套间。最后几年，巨富好友英格丽特买下那个庄园连同家具，交给萨冈居住。时日摇曳，风烛残年的萨冈肺上有病，还不停抽烟，每天吐几十个烟圈，如同伺候文字，让青烟在空中自由飘飞。飘到2004年9月24日，一度拥有5亿法郎的传奇作家在贫困中离去，终年六十九岁。

萨冈与密特朗

萨冈（Françoise Sagan）与密特朗（François Mitterand），读起来押韵，含藏某种神奇连因。二十世纪八十年代初，两人在外省机场相遇。密特朗为总统竞选奔波，萨冈乘兴游览。密特朗热情招呼："你好，忧愁！"（萨冈的成名作）。萨冈笑答："蜜蜂礼敬建筑师！"此语拐自密特朗三年前出的一部随笔集《蜜蜂与建筑师》。简单两句话，呼出了心灵默契。随后两人一道乘机，排排坐，大谈文学。事后回顾这一幕，密特朗欣悠说："文学玄妙，那个下午，是我那几年间过得最愉快的一段时光。不知可否返回。"

我一直以为，全世界，数法国的最高领导人最文学。拿破仑以色情小说起步，拉马丁当过临时国首，蓬皮杜曾是文学教师。他之后，最文学的法国总统当数密特朗。他一生写了七本书，文笔胜过许多作家，还多次表白：在我心目中，政治不占第一位，文学永远是我的乐园。此言不假。早在1939年，刚做中士的密特朗就写了一首长诗，题为《友雨》。我选译几句："我们期盼／明天带来奇迹／于是，我们头戴钢盔／手握长枪／帽带系在颌下／裹身的外套粗如豆荚。"第二年，创作短篇小说《初合》。六分情，四分色，意外流传出去，《初合》于1997年拍卖了3.6万法郎。前不久，德斯坦也出了一部小说，激情到销魂。

任总统的第三周，密特朗邀请萨冈在爱丽舍宫共进晚餐，席间主谈《你喜欢勃拉姆斯吗》[①]。美女作家很感动，总统细读了她的小说，且见解不凡。密特朗有个好习惯，政务再忙，每天都要读两小时的书，否则睡不安。关系亲切后，宫殿不便于约会，密特朗便微服私访，每个月去萨冈家里吃一两顿饭。他总在下午一点半到，萨冈给他准备的菜单是：洛特汤，生菜沙拉，烤小牛肉，栗子冰激凌。很少变化。

两人面对面就餐，谈文化，说美食，重点讨论小说创作，总有说不完的话。有一次，聊得太投入，萨冈忘了炉上炖的汤，随后飘出浓烈的煳味。两人会心一笑，关了火，继续谈文学。一个阴雨连绵的中午，密特朗没打电话就来了，久按门铃没反应，站了一会儿，戚戚离去。其实萨冈在家里，那一日她心情不好，又觉疲倦，知道是总统，却不开门。由此可见，两人关系不一般，具体好到哪儿，我寻觅许久，没找到那一步的证据，只能说他们立足友谊。如此，或许更美好。

密特朗还有个好习惯，经常邀请作家一起度假。1985年，萨冈随他去哥伦比亚。在专机上，两人大谈文学，一如初见。总统欣然感慨："日落月出，春去秋来，美好会再现，我切身体会了普鲁斯特的《追忆逝水年华》。"好景却短暂，到后不久，萨冈呼吸困难，尔后深度昏迷，只得紧急送回国。官方的说辞是高原反应。二十多年后才透底：那一回，她吸可卡因过了量。这便是萨冈，即使随国首出行，也不泯个性，附带自己的小毛病。

————————

① 萨冈的小说之一。

公开情书

　　萨冈与萨特交往，似乎含了几分天意，他俩同月同日生，只不过，隔了三十年。一直以来，萨冈崇拜萨特的才华，沉迷于他的"男子汉气度"。作为活跃于巴黎的名作家，她曾在一些公开场合见过萨特和波伏瓦，总觉得，大师高温被捧，从未留意过她。她心下戚戚，愤愤不平，最后只能灰溜溜地走了。

　　1978年，萨冈四十三岁，美貌依旧，风韵犹存，却被诊断为胰腺癌。同时得知，萨特几乎双目失明，饱受病痛折磨，在风烛中残年。大限将至，萨冈少去许多顾忌，她在报上坦然发表《给萨特的情书》。随后又得知，医院对她的诊断是误诊。萨冈双重高兴：生命无虞，又说出了埋藏已久的心里话。下面截取情书里的几段，看一看萨冈对大师的具体感情：

　　1950年，我十五岁，开始读书，什么都读。只有上帝或文学知道，我喜爱或钦佩过多少法国或别国的作家，尤其是活着的。到今天，我最仰慕的人是您。十五岁聪明且严肃，是一个没有明确目标因而毫不让步的年龄。您在我十五岁时做的承诺，您都履行了。

　　您写了您这一代人最聪慧、最诚实的书，甚至写出了法国文

学中最才华横溢的《文字生涯》。与此同时，您又义无反顾地去
帮助弱者和受欺侮的人。有时候，您像所有人一样，也会做错
事，但有一点与众不同：每一次您都毅然承认。

您才思敏捷，才智过人，无忌讳亦不放纵，唯一纵情挥洒的
是文字。您爱了，写了，分享了，奉献了您该奉献的一切。这便
是人本。这个世纪已疯狂，毫无人道，腐败。您却一直清醒，温
柔，一尘不染。愿上天保佑您。

秘书将这封炙热的信读给萨特听，萨特大为感动，随后
热情邀约萨冈见面，单独吃饭，地点在丁香园。那是一家百年
老店，位于卢森堡公园南端。我去那儿吃过三次，每次见的都
是不同的作家。三四十年前，在丁香园，海明威写了《太阳照
常升起》，布勒东、阿拉贡等诗人酝酿了影响全世界的超现实

萨冈

主义。某一段时间，差不多每隔十来天，萨特与萨冈就要见一面，两人吃得舒展，谈得开心。萨特十分珍惜绚丽的夕阳。有一天，他对萨冈说：本想找人再读一遍你的信，又怕人笑话。萨冈莞尔，和萨特敬碰一酒，回家后，花去三小时录制了一盘磁带。每当夜里感到消沉，萨特就听一段情书，心头便会涌出几缕柔情。

　　说到这，常有朋友追问，他俩切肤了吗？我顿困许久。怎么说呢？年轻时，萨冈在性上很开放，心仪了，随时可以温存。她胸怀又广，男女都爱，往往同时勾挂两三个。对她而言，造爱如同握手。与萨冈密约时，萨特已七十四岁，许多功能萎缩了，亲一亲摸一摸天经地义，再往下，估计力不从心。即便能，也莫细究。两位都是爱世魔王，留点空隙，文学更灿烂。此刻只需，远远看着他俩在丁香园吃饭，看他们谈天说地，忘我地探讨文学。再过七个月，萨特便将匆匆走向离那儿不远的蒙帕纳斯公墓。

新小说与院士过不去

依托新小说，阿兰·罗伯-格里耶（Alain Robbe-Grillet）当选法兰西学术院院士，那是新纪元的第四年。喜讯公布后，大作家又叽叽歪歪，他不想穿绿色院士服入堂致辞，说它霉腐古板，一如他极力反对的巴尔扎克小说。法兰西学术院当然不同意，说辞很气壮，368年的传统怎能毁在你手里。其他院士也嚷起来：规则习俗你都懂，不愿穿绿衣，当初你为什么要递申请？罗伯-格里耶想了几天，自觉亏理，妥协了。往下走，又遇一道坎。入堂讲话必须提交书面稿，经院委会同意后，才能登台。这一回，大作家拧住了，久久不交发言稿，那把交椅他一直坐不上。倔到2008年2月18日，被老天爷收走了，享年八十六岁。

老人家的倔明显带有自恋色彩，或者说，他对新小说估价太高。就这一流派，我且啰唆几句。新小说也称反传统小说，盛行于二十世纪中期，首领是罗伯-格里耶，代表人物有萨罗特、布托尔和克洛德·西蒙。1985年，西蒙荣获诺贝尔文学奖，光宗耀派。此路作家认为，由于传统文学观的束缚，当代小说艺术已停滞，因而主张摒弃巴尔扎克式的写法，淡化情节，弱化人物，散淡主题，突出描述，捣乱时空，开放文本，增强读者的参与感。此种写法也可称为作家之死。作为亮丽的探索，新小说丰富了虚构的维度，增添了文学的活力，影响了一大批作家。

具体说说罗伯-格里耶的《嫉妒》。小说围绕二男一女，乍一眼，写的三角恋，却无传统的感情纠葛，通篇只写丈夫怀疑妻子出轨时的所见所闻所感。丈夫叫什么，长啥样，都没交代。除了小说开头，他极少露面，却幽灵一般游荡在《嫉妒》里，几乎无处不在。这是一种全新的写法，却以福楼拜为祖师。半个多世纪过去，人们又发现，新小说风声巨大，却没留下几部脍炙人口的杰作。二十世纪末小说大排名，超现实主义的代表作《娜嘉》居第23位，《嫉妒》甚至没进前50。《娜嘉》却是以记述神游的写实手法取胜的。

这一上一下似乎挑明一道规律：文学以生动感人，小说不能没故事。再往下摸索，我得到一个比喻：现实主义像我们的米饭，如法国的面包。你可以少吃，可以煮粥，也可炒成粉末。在巴黎，我曾看到一位老爷爷就着扬州炒饭吃面包。饭怎么做，面包咋烤，可不断革新，却要守住一项原则：菜再好，酒再多，主食不能少，哪怕只吃一两口。罗伯-格里耶的偏颇在于他想去掉面包，此举或新鲜三两天，长了却受不了，包括作者本人。1985年，大作家出版自传体小说《重现的镜子》，广受欢迎，所用写法明显回归了传统，确切说，是新锐与写实的交融。我便想，罗伯-格里耶若看到自家短板，在讲稿上，他很可能就不会那么自以为是。毕竟，法兰西学术院的拱顶比他肉眼看到的要高得多。

只能弯腰

千禧年伊始，我用法语写了一部小说，名为《主席逝世》，讲二十世纪六七十年代我在武汉外校学法语的故事。合同签订后，法方派德沃做编辑。此君在巴黎中学教历史，出了两部小说，他文思泉涌，笔力深厚。围绕文稿，我们你争我辩，写了257封信。我印象最深的有两个改点。状写当年的辅导员，我用了一句话："像个贼眼神甫，空洞说教。"德沃探问："你反宗教吗？"我答："不反，相反我特别敬神，无论去教堂、庙宇，还是清真寺，我都会恭敬礼拜。我一直认为，基督教为人类文明做了巨大贡献。"德沃道："若这样，我建议不要贬毁神甫。在我们心目中，神甫通常很光辉。我们小区有一位，今年八十六岁，学养深厚，善良超常，布道生动，方圆几十里，没有一个敌人。"我当即定夺："听你的，我马上改。"

第二个改点涉及学农。在书中，我写道："田野宽广，作物繁茂，饿了，我摘一条黄瓜。"尾句的动词导成法语，我用了cueillir，隐含一景：植物挂在高处，摘取时要直腰伸手。德沃却改成ramasser（弯腰拾取，捡）。我不以为然，直硬怼回："我不同意你的意见，我们种黄瓜，要搭架子，瓜高高在上，必须伸手。"德沃更直白，几近横蛮："告诉你，我奶奶捡黄瓜，我妈捡黄瓜，偶尔去农村，我也捡黄瓜。在巴黎出书，面对法国读者，你只能弯腰，不能高伸手。"入乡随俗乃共识，我只得妥协。

2001年9月，书已印出，我应邀去巴黎参加首发式，尔后签售，讲座，接受媒体采访，闹得风生水起，忙得不亦乐乎。两年后，小作被评为"法国近五年20部最佳图书"，排名第九，十一年后获诺贝尔文学奖的莫迪亚诺的《小首饰》排第十七。索莱尔斯也在我身后。只可惜，我经不起行政化的福利诱惑，在高校当了个小干部，成天开会，动辄填表，天天催论文，做梦都在争项目。那时我若静下心来写小说，现在很可能是另一派景观。也可能，混得更差。进入文学创作状态后，我自控力巨弱，胡乱写，十有八九会惹大麻烦。

在巴黎办完事，我随德沃去看望他父母。经过农田时，德沃提议："那儿有我家的菜园，看一眼？"我连连点头。园圃有两百多平方米，种的全是绿色蔬菜。番茄又酸又甜，是几十年前的味儿。我一连吃了三个，暗中感叹："中华有南山，法国有菜园。"在园东角，我发现一溜爬架植物，定眼瞧，是黄瓜，个儿偏小，几乎爬地长，支架最高处不足半米，要摘取，必须弯腰。我摘一条，思绪万千。德沃高声嚷："杜教授也躬身捡黄瓜了，在文字的花园里，他将伸手摘取更硕大的果。"

图尼埃一定读过老子

米歇尔·图尼埃（Michel Tournier）的小说，我浏览了几十页，坦率说，不太喜欢。他学哲学出身，迷恋康德，太形而上。却又绕不过去，一来名气太大，二来我带的两个博士在研究他。也含几许期待，虽然很康德，亦黑格尔，写小说，图尼埃走的还是法国路径，行文感性，细节逼真。耐心一读，或许会有意外收获。花去半个月，我仔细阅读了图老的代表作《礼拜五：太平洋上的灵薄狱》。小说发表于1967年，是对笛福《鲁滨孙漂流记》的改写。笛福重点讲主人公在岛上从无到有的创业过程，写资本积累，写人类的进取。

套取大框架，图尼埃走了另一条道。遭遇海难后，鲁滨孙流落孤岛，拿一本《圣经》，带一条狗。不久，又回船上搬来工具和生活物品，还有四十桶火药，存放在山洞里。开初孤独难熬，主人公一度自暴自弃，在泥潭里，一躺大半天。振作后，他开荒种地，建房筑屋，设银行，置官署，制定行规法律，一步步走向文明。在临近的小岛上，他救出一个黑奴，取名礼拜五，将他带回做用人。主人循序渐进，不断开化他。有一天，礼拜五躲在山洞旁抽烟，主人呼喊，他惊慌失措，将烟斗丢入山洞。一串爆炸声，所有文明设施毁于一旦。小岛归于原始，两人因地制宜，过起天放生活。

几度夕阳红，鲁滨孙歇在圆形山洞里，以手抱腿，缩成一团，兴奋叫：小岛是母亲，我成了胎儿。隔三岔五，礼拜五向主人传授野外生存的窍门，常有喜悦。在自由自在中，生活展露另一个面，仿佛回到伊甸园。不久却开来一艘大船。礼拜五喜出望外，手舞足蹈地随船去了英国。鲁滨孙留在孤岛上。举目望去，山洞旁还有一个小伙子，他是船上开溜的见习水手。轮船远去，太阳落下，生活重新开始。

读完全书，我暗中喟叹：这不是《道德经》所倡导的景观吗？有什伯之器而不用，复归于婴儿，虽有舟舆，无所乘之，结绳而治。邻国相望，但闻鸡犬声，老死不相往来。见素抱朴，返璞归真。我自忖：图尼埃学了十多年哲学，一定读过《道德经》。却无佐证，便问两位博士：图老提到过老庄吗？两人异口同声：这事我们也困惑，读了他的所有作品，巡过两三圈，涉及《道德经》的话，我们一句都没找到。我笑一笑说：那就叫英雄所见略同吧。心下却道：他一定读过老子。

差点被骗

　　《顿语》是名嘴贝尔纳·皮沃（Bernard Pivot）在法国电视二台开的一个读书节目，法语叫*Apostrophes*，一周一期，每期七十五分钟，延续了十五年（1975—1990），货真价实的家喻户晓，驰名全球。五年前，已入八十的皮沃自剖心迹，写了一篇短文，题为《梦中的顿语》。开篇开诚布公：或早或晚，有些话要说出来，不然心理负担太重，还有可能上不了天堂。开播《顿语》时，我立下一条原则，不邀亲友登台。至中期却违背了初心，只是人不知，此刻我要坦白。给露易丝·拉贝做节目时，我们已经是情人，热恋了大半年。我欣然邀请时，女诗人便说：你疯了，自己立的规矩都要破。我郑重反驳：为了文学和爱情，只能这般。你的情诗感天动地，我哪能闭嘴。

　　读到此处，我微微一顿。拉贝我知些许，她是十六世纪最耀眼的女诗人，生于里昂，沉鱼落雁，风情万种。到了二十世纪，难道又出了一个同名同姓的？查了几部词典，只找到十六世纪的拉贝。我心有不甘，又微信求助旅法的韦伯。回复说，谷歌里也只有十六世纪的拉贝。我说，麻烦再搜一搜，皮沃访谈过她。过一会儿，朋友发来一段简评："皮沃潜入文艺复兴，借助《顿语》，虚构了一场与拉贝的恋爱，别开生面，意味深长。"我哈哈一笑，噢，原来是假的。假得却很真，下文写道：

　　按惯例，采访名人要去家里设坛，我随摄制组来到里昂。拉贝的豪宅我去过多次，了如指掌，在同事面前，却要扮初心。我惊愕道：啊，客厅有立琴，还有羽管键琴，条格绒窗帘标新立异，环境好美。拉贝随景迎合，天衣无缝。

　　节目录完后，导演里博维斯奇评说：老伙计，这一期，你有点拘谨，呆了两次，少了妙语，大概被女诗人的美迷晕了。我明口搪塞，心下苦语：在熟识中公演陌生，这是第一次，特别别扭。还有一道坎，是嫉妒。中途我问：有一个里昂诗派吗？拉贝答：谈不上，每到周末，我们几个男女作家聚一起，高谈阔论，尽情狂欢，爱是我们共同的床。一瞬间，我失去平稳，萦萦想，在我之前，这位美丽的女鞋匠（诗人的外号，她父亲是做鞋的）不知睡了多少男人。我拿话筒的手在抖，眼前跳动一个个如狼似虎的裸男……事后袒露妒火，拉贝莞尔一笑，送上一吻，柔声道：你演得不错，我们配合比较默契。

　　拉贝受访时谈及创作的妙语，皮沃只举出了三句：诗人的话语有点迟疑，因为他在不断修改；改过之后，文笔更清澈；一旦说出，却无法再改其迟疑了。2014年，莫迪亚诺获诺贝尔文学奖，在答谢词中引用了这几句。读完两千多字的短文，我肃然自问：皮沃这么写，用意何在？思索许久，我挖出三个可能的意图。

　　第一，巧妙介绍法国十六世纪的著名女诗人，展露法国文学的独特魅力，这是皮沃的本行，也是他的拿手好戏。第二，回应日渐浓厚的好奇心，披露关涉《顿语》节目的有趣细节。

第三，展现文学创作的核心技巧。皮沃接待我多次，两人常谈创作经纬，一致认为，文学的最高魅力在于虚构。通俗说，就是一个"假"字。假戏却要真做，还要做真。简短说，幻整体，实细节。卡夫卡道：荒诞的框架搭起后，细节越真实，文字越有力度。东方的汪曾祺也说：写作的最高境界在于虚与实的经营。这也是我写《一凡教授》的诀窍。

《一凡教授》书影

才讲五分钟

在当今法国，米歇尔·维勒贝克（Michel Houellebecq）光彩夺目，每出一本书，都会引起热烈讨论，常常经久不衰。又我行我素，标新立异，惊世骇俗。我认识他，在十年之前。第一次见面在法国驻武汉总领事设的宴席上。那是一个豪华套间，五人随陪，我坐大作家的斜对面。窗外鸟语花香，白云悠闲。总领事颇健谈，连连提问。维勒贝克寡言少语，问三句，答一句。自己发挥时，又忽上忽下，说得云里雾里。说完一段，他两眼微抬，幽幽看天。瞳孔间或一闪，眼角泛一丝微笑。经常手托腮帮，冥思悠想。在一笑一呆间，交谈显出尴尬。我只得跳出来，说我教法国文学的趣事。间插小幽默，半荤半素。谈到最后，那顿饭竟像是法方为我设的局。还发现：从头吃到尾，维勒贝克没有说一个谢字。

按议程，三天后大作家将去武大法语系做一场讲座。见识了此君的独特，回去后我立刻布置，列出两本书，让同学们读一读，看看简介，早做准备。演讲那日，会厅座无虚席，声势浩大。我做开场白，花了六分钟。维勒贝克喝几口茶，正式开讲，主谈创作体会，才过五分钟，他戛然而止。虽然有预测，我还是愣了一阵，随后导引："作家言简意赅，精华在交流之中，大家若有问题，请提出！"

预则立，我话音刚落，同学们纷纷举手，问题一个接一个，既切题，又新颖，还有一点小刁钻。讲座在问答中欢快延续。作家答疑更从容，话儿多，舌头更溜顺，时不时，抖几句闪光言论。比如："许多人说，我哗众取宠，惊世骇俗，其实，我很朴实，也很真诚，我信仰善良。我想摆脱人生的一大困境：习惯像蚕茧，层层围裹，包得我们麻木不仁，我们还自以为是，甚至自鸣得意。不强力突破，难以见实相，无法现真情。"还提道："人类知晓孩子来自男女交合用了十万年的时间，先前都以为是淋了某地的雨，喝了某处的水。"

问及写作路径，维勒贝克说："从我的小说中，有人看到了嬉皮士，有人窥见了自然主义，有人瞧到写性的鼻祖——萨德①。用孔子的话说，爱山乐水，见仁见智。我运笔时，从不想流派和主义，只瞄着自己的意象，应和内心的节奏。古今法外，伟人太多，我无法一一高攀，只能走脚下的路，努力奉出最佳的自己。"问答穿梭，时间飞去两小时，讲座圆满结束。大作家看看表，认真说："记事以来，今儿是我当众讲得最长的一次。"随行的文化参赞喜笑颜开，先前她一直忐忑，生怕冷场。接下来，我与作家单聊一刻钟，再陪他去樱顶。天空继续蓝，那几日，武汉的天气特别宜人。

看到雄伟古朴的老图书馆，大作家猛然立定，两眼闪光，直搓手，反复说："啊，美，美，真美。"老斋社也惊喜了他，随后十余分钟，他四处看，一言不发。缓过气后，他坦诚说："我很宅，不爱动，武汉大学，我早该来的，你们的学

①　萨德（1740—1814），法国作家，被称为情色小说鼻祖，代表作有《索多玛120天》《闺房的哲学家》等。

生很棒，山头的景色摄人心魂。"说着掏出小本，写上邮址，交与我，郑重说："有事，随时给我写信。"随后两眼一闪，又去观景。文化参赞轻声说："维勒贝克很少主动给人联系方式，看来，他在武大找到了知音。"我收起小纸片，受宠若惊。只可惜，和维勒贝克一样，我不善交际，不爱高攀。离别后，我一直没有给大作家写信。

海天版《基本粒子》书影

小弗米

　　游轮在三峡舒缓前行，我与勒老把盏闲聊，几近天人合一。谈得最多的，是拉封丹的寓言。我们发现，越小的动物，喻义越深，《知了与蚂蚁》尤其耐读，常读常新。船到神女峰，我突然想起小头的嘱托：瑞中集团要办三语幼儿中心，想请诺奖得主勒克莱齐奥起个祥名。勒老年近八十，薄俗名，轻易不题字。我犹豫再三，还是吐出了托请。勒老关切问："就是那位周末常去巴黎听歌剧的善友？你俩一起举办了六届法语戏剧节？"我频频点头，并补充："这厮有理想，为弘扬法语做了大贡献。"勒老庄重回答："我敬重有理想的人。为幼儿题字，很荣幸。"沉吟片刻又说："这事挺庄严，容我想一想。"

　　轮船逆流而上，岸边蝉声绵绵。勒老仰望绝壁，眉头一动，兴兴嚷："达杜，有了。"大作家拿出小本，操法语写道：Pour monsieur Xie Wu, Bienvenue à la Petite Fourmi（赠谢武先生，欢迎来小蚂蚁）。小头的大名叫谢武，任瑞中集团总裁。收笔时勒老抬头问我："叫小蚂蚁，如何？"我欣欣然，又一顿。这个名称很可爱，在世界各地，蚂蚁都象征勤劳，那是人类的第一优品。但是，中国的家长要求太高，个个望子成龙，盼女变凤。仅勤劳，远远不够。在当下语境中，勤劳隐喻苦力。君不见，以蚂蚁闻名的，而今只有搬家公司，哪有家长期望自己的孩子去做搬运的。

　　我点了赞，也说出了担忧。勒老循循开导："刚才，你背诵了拉封丹的《知了与蚂蚁》，这寓言意味深长。夏日知了空唱，蚂蚁却一点一滴地储备粮食。入冬后，知了一命呜呼，蚂蚁却丰衣足食，这是生存之道。而且蚂蚁组织严明，井然有序，从中，孩子们可体会集体生活的要义。还有，蚂蚁具

拉封丹《知了与蚂蚁》插图

有超能量，可举起超过自身重量几倍的物体。"见我不语，勒老又说："如果你觉得不妥，我再想一个，或者，你帮我取一个。"我坦言：我一时没有更好的点子。

　　午饭后，我给小头拨电话，听到小蚂蚁三个字，他连声叫好。我不放心，追一句："是否请大作家再写一个'花蜜蜂'或'小龙凤'之类的光艳名头？"小头一口推绝："不用，la Petite Fourmi很好。"我没再坚持，却存几分顾虑。交了墨宝才三天，小头在微信中宣告：我们的幼儿中心叫"小弗米"。我

心堂一亮，由衷赞赏：以"弗米"音译"蚂蚁"，是大手笔，有神来之意。第一，民以食为天，以米落足，点明生存之本。能吃，是人类的一大优点。第二，幼儿需要成人带，弗加人，即佛，有天神庇护。第三，法国新婚夫妇走出教堂时，亲友会往他们身上撒米，那叫福米，与弗米同音，饱含幸福，携带异国情调。简单三个字，在中法文化之间架起一座绚丽的桥梁。

　　一年过后，小弗米开园，勒老应邀来指导，用他自己的话说，度过了近几十年最难忘的一天。孩子们扮成小蚂蚁，活蹦乱跳，袒露天然。勒老装知了，与幼儿们互动，笑平了脸上的皱纹。听到孩子们说法语，他眉飞色舞，手舞足蹈。他还主动给小头留言：您用理想为孩子们建起了一个乐园，今日的小蚂蚁明天将成为中国的栋梁。离别时，勒老动情归纳：全世界的儿童都是诗人，是创造者，是艺术家，中国的孩子进一步发展了这一秉能，此刻在小弗米见到他们，我激动不已，感动万分。最后用中文大声说：我爱小弗米。神态别具一格地天真。那一刻，我想到《道德经》中的名句——复归于婴儿，也叫归真。在南京大学，我曾问勒老：您读过老子吗？大作家严肃回答：读了几个版本，不知我读进去没有。此时我明显感出，他领悟已深。还有一线机缘。幼儿中心的主任叫练莹，是武汉大学和法国波尔多三大的双文学博士，她研究的对象就是勒老，论文题为《透视勒克莱奇奥作品中的"看"》，重点写了作家的孩子视角。

勒老殿后，仿佛走在宋朝

法文版《字行天下》写过一半，我发出十来篇，勒老读过，一瞬迷上我写的刘家湾。我见机邀约，他当即应许。一周后，由许钧兄陪同，大作家从南大来到武汉。欢欢谈一日，我们去大熊湾，那是《字行天下》里的刘家湾。为了让勒老全面了解湖北农村，我提前通告黄陂区委，吴书记与我厚交，做了精心安排。在高速的出口，镇长率队迎接，顺道参观木兰草原，那是黄陂的五星景点。抵达村东头，乡亲们个个脸上绽笑，不停说"哈喽"，勒老高举右手，连声说"你好"。老村的入口散立几栋火柴楼，勒老漠然走过，一声不吭。拐个弯，却展出一栋明清建筑，石墙黑瓦，飞檐翘脊，处处耀传统。勒老顿片刻，疾步走过去，一板一眼地看楼牌、抚门窗、摸石头。见到一群鸡，他跟了十多米，两手扑飞，口中咕咕叫。他问房主是谁，我一时答不上。改革开放后，村民大多数迁居公路边，老村仅剩七八户人家，老妇幼居多。小时候，我在村里住了五年，离开此地已有半个世纪。

由两位博士做翻译，各级领导一路拥陪，摄像机不停地转。临近门前塘，满目都是晚清石屋，有五六十栋。许多已破落，有的甚至坍塌了，历经沧桑。这景象却中了勒老的下怀。他叫上我和许钧，悠然自得，在废墟里坐了半小时。一行人最后停立在中心宅楼前，那是全镇最古的建筑。楼楣上，雕一条石龙，蔚然壮观。勒老连连发问，我解释："在村民心目中，石头命最长，雕龙是大敬，这石图已有九百多年历史，围绕龙，生发了许多故事，晚上我们仔细说。"勒老动情感叹："这是我在世上所见的最美乡村。现代与原始糅合，天人谐和，我仿佛走在宋代的画卷里。"这几句点了龙睛，往下延伸却戚然。宋朝以后兴专制，抑个体，冠冕堂皇，奴性蔓延，劣了基因。大熊湾建于宋末，某些优品遗韵仅现于废墟里。马路两边的新村都变成了商店，大多数村庄落败了。壮劳力去城里打工，良田大片荒芜，留守的村民整天打麻将，仿佛停在清末。

围门前塘走一圈，勒老更激动，面对镇长和记者，勒老庄重提议："《字行天下》的法文版，我看过一部分，很精彩，法国读者一定会喜欢。书在巴黎出版后，你们可以拍个纪录片，以主楼和大塘为核心，亮明书中景物，透显小说之魂，推出大熊湾，展示乡村美，弘扬中国文化。"镇长一个劲地点头。勒老喝一口蜂蜜茶，指着临水的一排屋对我说："好想在这里买一栋农舍，修整一番，住下，望着门前塘静心写作。"我欣答："这事交给我办，不贵，两三万就能搞定。"许钧插话："你不会孤独，这里经常接待法国宾客，有图书馆馆长和各类教授，外加演员、老板、渔民，还有作家十二人。而且交通很方便，巴黎与武汉直航，机场离这儿不到三十公里。"勒老暗自嘀咕："买房的事，还得与夫人商量一下，我想，她不会反对的。"

镇长插话："刚才看的草原，您觉得如何？"勒老坦答："草原很美，有气派，只不过，在世界各地都能见到，眼前这石头村却是地球的独一。"镇长当过语文老师，由衷敬佩：
"您说出了写作的要领。"勒老欣欣点头，我补充："黄陂是
武汉的根，底蕴深厚，离这里三十多里，出过一个大人物，叫
黎元洪，当过民国总统。"勒老接话："他的外号叫黎黄陂，
说了句名言——有饭大家吃，那是治国经典。"镇长高度兴
奋："没想到您老对中国这般了解。"勒老微微一笑，交了
底："这几年我每年来中国三个月，在南大讲课，借机读了些
汉语经典，啃了两本中国历史，周游列省，感受良多。下一
步，我想背靠老庄，侧面孔子，在山与水之间走出一条自己的
路，这石头村将是我书中的一景。"大伙相互看一眼，报以热
烈掌声。

　　两小时很快过去，后端还有细致的安排。勒老是黄陂区
接待的第一位诺贝尔奖得主，许钧乃学界名流，上方高度重
视，刚刚开完两代会的党政一把手已等候在区委会议室，晚上
还有乡味宴，这也是中国故事的一种讲法。临上车，勒老看看
村庄，轻声对我说："达杜，继续写，这里还有故事，石屋
之间，流动着多彩的生命，还有祖魂。投一石，可激起千层
浪。"我频频点头。卸任院长后，我勤奋读书，回归原态生
活，刻苦练笔。以大熊湾那尊龙为构架，我写出了《一凡教
授》，这也是法国文学在我心中激起的千层浪。

安妮·埃尔诺凭什么获得诺贝尔文学奖

安妮·埃尔诺

今年的诺贝尔文学奖颁给了法国作家安妮·埃尔诺（Annie Ernaux）。昨天晚上，许多朋友打来电话，主要问我一句话：这位作家何德何能，占了世界文学的鳌头？当时我在备课，还要码字，囫囵了几句，此刻，我庄严回答。第一，法国如今有十六人获诺贝尔文学奖，居世界之首，埃尔诺是其中的第一位女作家。先前的波伏瓦、杜拉斯名气更大，但都与诺奖失之交臂，只得了含金量不低的龚古尔奖。尤瑟纳尔笔触敏锐，学养深厚，1980年当选法兰西学术院院士，乃法国第一位女院士，震动瑞典，名噪天下，也无缘诺奖。

第二，埃尔诺已过八十二岁，是得诺奖的法国作家中最老的一位，路途更艰辛。1974年春，她携《空衣橱》登上法国文坛，十年后以《位置》引人注目，获勒诺多奖，后者一年卖出了五十多万册。著名的《悠悠岁月》发表于2008年，作者年已六十八，四年前患了乳腺癌。其佳作有一半写于她六十岁退休以后，她的勤奋与顽强在法国出类拔萃，没这股狠劲，埃尔诺的文道走不了多远。法国每年出版六百多部小说，能勾住人的不足十分之一。老天也眷顾这位坚强作家，写着写着，把癌症写没了。

最重要的是第三条：埃尔诺的套路与众不同，她很早便放弃纯虚构，投入传记。用我们的话说，是专注于非虚构写作。她的家境不富，父母是普通工人，后来开了个咖啡杂货店，十八岁之前，她都在这样的环境里生活，她将酸甜苦辣写入《空衣橱》。她用细腻伤感的文笔，在《耻辱》和《位置》里描绘了出身贫寒的父母为摆脱底层卑贱所做的一系列努力，或称奋斗，沿途缀满失落，吊挂绝望，闪烁希冀和梦想，生动再现了法国当代不同社会阶层在心理状态、生活习惯、兴趣爱好等方面的差异，同时以痛苦矛盾的心情，真切表达了对父母及故乡的爱恨交加。

往后走，《冻结的女人》写作者的婚姻生活，《简单的激情》《迷失》说性事和情人，《外部日记》描写生活环境，《事件》记述作者的一次流产，《一个女人》写其母之死，得病经历记入了《照片之用》。前后十五部作品合力再现了一个小商贩之女通过刻苦学习不断提升自己，最后成为语文教师和著名作家的艰辛历程。几十年里，她一半时间在教中学语文，一半在远程教育中心任职，助以写作，认真做人类心灵的工程师。2016年，已七十六岁的埃尔诺出版《女孩的回忆》，浓墨写她十八岁在一次夏令营中失贞的经历。"这个第一次与羞耻紧紧连在一起，对她而言，比其他事件更重要，堪称社会馈赠。"这也是她的写作酵母。

通过回忆自己与家人，借助自传的外形，埃尔诺巧妙地写了他人，写了社会，写了法国人的集体记忆，包含集体下意识。用作者的话说："在个人的记忆里发现集体记忆的成分，重建一个共同的时代。"为此，她追求中性写作，尽可能地客观。"不要判断，不要暗喻，不要明喻，不褒不贬所述的事件，努力留在历史叙述和文件袋里。"但是，虚构并未离去，那是文学的命脉，想走也走不了，它与纪实妙糅，绚烂了真假，有所变化的只是比例。汪曾祺认为：写作的妙境在于虚实经营。对埃尔诺而言，则是实虚谋划，实在前。《悠悠岁月》的末尾表明了作者的雄心壮志："我要从稍纵即逝的时间里拯救某些东西，救出将消失的意象。"

换个角度，也可这样说，埃尔诺出神入化地将文学和社会学融合在一起，革新鲜活了自传体。她反复强调："私密的也是社会的，没有他人、没有规律、没有历史的纯我难以想象。我很少将自己视为独特之人，我是某些经验与限定的总合，这等'合'既是社会的、历史的、性别的，也是语言的，它们不断与现在和过去的世界对话，形成独一的主观性，借助它我努力揭示更广的集体机制，由此丰富传统自传的'我'。我用的'我'是无人称的我，超人称的我，既是我的话语，更是他人的声音，在我的经验中，可以抓住某一现实的形体和神态。"取兰波名句：我即他人。对埃尔诺影响最大的社会学家，当数布尔迪厄，那是自由的化身，熠熠闪烁，是作家行笔的动力。大师离去时，埃尔诺情真意切，在《世界报》等报刊上发表两篇怀念文章。

简单地说，埃尔诺创立了一种无人称自传，常用第三人称写自己。在她之前，米肖、罗兰·巴特都这么干过。埃尔诺更出彩的，是她通俗中的精美与细腻，是简朴的历史厚度和独特美学。套用巴特的话，是从零度写作中缤纷出的数目，可无限大，也可无限小，相互的组合更灿烂。读者惊奇地发现，在这位女作家的书中，他们看见了自己，看见了亲朋好友，看见了时代。我问一法国朋友（Clarisse）对埃氏作品的看法，朋友回复说："她的文字明快、流畅、朴实，内容包罗万象，以简普世，畅然共鸣，顺应了网络趋势，是世界文海中的一股清流。" 这便是埃尔诺的德与能。对于渴望诺奖的中国作家，也是一大鼓励。环境或许恶劣，我们却可远离乖戾，蔑视蛮傻，看长远，爱惜身体，静静地写，即便过了八十二岁，诺贝尔文学奖也还有你的份儿。

后　记

　　秋高气爽，我去波尔多参加学术会，在戴高乐机场被拦。稽查要开箱检查，例行公事，我只能入俗就范。随即打了个电话，通告法方，转机紧凑，万一开箱误时，我改坐中午11点的航班，天圆地方，最美六边形，接机时间我再短信告知。稽查员眉头一跳，亲切称赞："您法语讲得挺好的，还有诗意。"我借机扩展："我是法语老师，在中国，我教法国文学已有三十七个年头。"稽查绽一笑，拿手点个军礼，破例放行。我抱拳回礼，高嚷："感谢理解，雨果万岁。"这类小尴尬，我在法国遇到过三四次，只要说出我在中国教法国文学的年头，问题都迎刃而解，无一例外。教龄熬到第四十年，我扪心自语：你教法国文学这么久，总该归纳几句，留一点什么吧？多催几问，足了信心。近半个世纪，我读了不少原版书，仅传记，就有一百五十多部。为了课业，我一直在精读，某些小说鼓捣了五六遍。在我的背后，还站着二千多名天资高超的学生，硕博士一百零七位，都研究法国文学，他们主攻的作家，我必须深入了解。给本科生上文学课，我把作者介绍全部交给学生，他们更熟网络，八仙过海，每每提供众多有趣细节。本书中的重点作家，学生讲了至少十次。还发现，国内讲外国文学的书，写得都比较严肃，常常一板一眼，价值再高，只能惠及少数，套用莎翁的名句，普及是个问题。又想到两个伟大成语，深入浅出，雅俗共赏。我毅然决定：取"三言二拍"之长，借高卢之韵，以故事解说法国文学，也叫趣读。按时间顺序，我选了六十位法国作家，讲出八十五则故事。运笔时，秉持三项审美追求。

第一，尊重史实，客观严谨，扩充知识。除去一件小逸事，其他篇目都有据可查，敦实可靠。唯一的虚构叫《夏多布里昂牛肉》，却非全虚。事体全真，大厨姓名属实，时间地点不假，令名作家万确，我只捏造了"二枯一绿"的葡萄枝烤法（一位法国农民朋友密告我的烧烤绝招），虚构了八十大寿时蒙米莱依招来三徒儿公布秘诀的情景，旨在演绎无中生有的魅力，展示文学如何源于生活又高于生活。八十五个故事可当成文学辅助教材来读，读好了，也能反客为主。第二，主打鲜为人知，强调细节，生动叙述，幽默关口，以小见大。走笔力求精炼，多余的字一个也不留。第三，多层并举，融合出彩。主要分三个层次：以作家故事展现法国文学（主干，七十六篇）；说相关读书经历，点绘时代，抖落页间爱情（九篇，看似配角，实则串合全书）；如砖抛出学术见解，迎候美玉和钻石（散见各篇）。给许多作家，我们算了一笔经济账，这个点，以往关注不多。

观五洲四海，人常说，近现代文学最灿的国是法兰西。估摸一圈，的确如此。诺贝尔文学奖，法国得了十六枚，全球排第一。影响世界的重要文学流派，绝大多数源于巴黎，如古典主义、现实主义、象征派、自然主义、超现实主义、存在主义、新小说、新戏剧。浪漫派发轫于德英，却灿在塞纳河两岸，雨果占鳌头。到如今，"浪漫"二字已变为法兰西的标签，尽管法国人自己不以为然，经常唱反调。我与法国驻武汉总领事贵永华交往较多，他是文学控，热恋武汉钟情巴黎，聚一起常听他抱怨："都说法国浪漫，其实我们的仪器很精准，我们的空客天衣无缝。福楼拜耀于严谨，左拉荣于翔实。"我暖言劝慰："大伙说你们浪漫是赞扬，是美慕，把枯燥的日子过得多姿多彩，这需要超凡艺术，包含大智慧。"总领事眉开眼笑，品一口红酒，咂咂嘴，继续谈文学。近二三十年，流派奄息，法国人又鼓捣出微观主义。坐一回绿皮旧火车，喝一口啤酒，剥一盘豌豆，粒粒柔和，丝丝甜蜜，在不起眼的日常细节中获取更多的幸福。也叫慢生活。

　　一如总领事，我天然爱国，每每高谈法国文学，总会补一句：说人家的辉煌，莫忘自家的灿烂。881年，法国文学以《圣女厄拉莉赞》叫出第一声，我国已到晚唐，华夏的古体诗已登峰造极。仅唐一朝，就出了1768个诗人，发表近5万首诗。王维高吟：大漠孤烟直，长河落日圆。李白应和：举杯邀明月，对影成三人。杜甫归总：会当凌绝顶，一览众山小。法国人还在琢磨：是厄拉莉的身材好，还是心更美。而且这赞歌非原创，其题材取自罗马诗人。唐之前，我们还有曹操曹植、汉赋楚辞、诸子百家，耀于《诗经》，炫于《周易》，乌龟壳上都刻满惊天动地的文字。就文学而言，唐代中国犹如近现代的法兰西。只不过，我们辉煌在古代，许多迷人的光点都成为遥远的歌。

　　但我坚信，只要绚烂自由，突显个性，坚持改革开放，"文学大唐"会迅速再现。这等自信来自数据，基于事实：1980年至2010年，才改三十年，法国便翻译出版了357部中国当代文学作品，已全数译介国内名家，贾平凹、莫言、余华、毕飞宇、冯骥才等的作品多达十来个译本。《废都》获费米娜外国文学奖。巴黎的重大报刊经常专辑中国当代文学，其微观主义有点像我们的休闲散文，含了李渔、周作人和汪曾祺，附几笔黄爱东西，背靠老庄和慧能。凡此种种，都史无前例。也有明显不足，在伽利玛等一流出版社，我们露脸不多；口袋本，我们出得太少；近几年，缺乏吸引外界的大作。我们，还需努力。

　　为写这本小书，我们三去法国，拜访了十七位作家，包括诺奖得主勒克莱齐奥、当代巨头维勒贝克、索莱尔斯、传记大家阿苏里和龚古尔奖评委主席皮沃。参观作家故居五十一处，游走七条名作线路。吃过德鲁昂、丁香园等著名文学餐馆，泡了九家文学咖啡馆，在"花神"待的时间最长。主体费用由中南财经政法大学外语学院提供，我任该校的法国文学研究所所长。谨向蔡圣勤院长和余启军、陈亚奇书记表示衷心感谢。还要感谢好友谢武，即本书中的小头。第三次赴法，他特意从美国赶来，一路随陪，为了文学挥金如土。喝了玛歌，去看大戏。两周内，他请我们一行五人吃了六顿三星米其林。走出最后一家名店，突现凯旋门，树影婆娑，灯光遍地。我一瞬透见法国文化，深解法国文学。如同参禅，种种色香味浸润在本书的字里行间。最后说说本书的分工。作家故事，程静写了三十三篇，其余及带"我"的读书经历由杜青钢撰写。在雅俗共赏四个字上，我们耗费许多心力。不足之处，请各位方家多多指正。一如开头，我们恭身诚意，高高抱拳。

杜青钢

中南财经政法大学法国文学研究所

2021年9月26日初稿

2021年12月9日修改

2022年5月2日定稿